談文學

鄭騫 等著

三民書局

國家圖書館出版品預行編目資料

談文學／鄭騫等著.——四版一刷.——臺北市：三民，2019
面；　公分
ISBN 978-957-14-6581-4　(平裝)
1. 文學

810　　108001011

© 談文學

著作人	鄭騫等
發行人	劉振強
著作財產權人	三民書局股份有限公司
發行所	三民書局股份有限公司
	地址　臺北市復興北路386號
	電話　(02)25006600
	郵撥帳號　0009998-5
門市部	(復北店) 臺北市復興北路386號
	(重南店) 臺北市重慶南路一段61號
出版日期	初版一刷　1973年11月
	三版一刷　1991年4月
	四版一刷　2019年5月
編號	S 810030

行政院新聞局登記證局版臺業字第〇二〇〇號

ISBN　978-957-14-6581-4　(平裝)

http://www.sanmin.com.tw　三民網路書店

緣起

書本，是知識的橋梁、文化的渠道，閱讀好書，我們得以與歷史經典為伴、當代思潮為友。

「集輯」書系——集思為海，廣納知識。收錄文學、國學、哲學等不同領域學問，有散文、小說、評論和回憶錄等各種作品。引領讀者探索世界，一同徜徉浩瀚的知識之海。

方便攜帶的小開本書籍裝幀，能讓讀者在繁忙的生活中，也擁有隨手閱讀、輕易涉獵不同領域的紙本體驗。當閱讀在生活中開花，生活也會因閱讀而繽紛。

三民書局編輯部　謹識

曾序

民國六十二年十一月三民書局出版《談文學》，作為其叢書「三民文庫」之一，藉此普及國民，嘉惠學子。

《談文學》並非某人專題論述，而是民國六十年「國軍新文藝運動輔導委員會」主辦「新文藝講座」，邀請十位名家就各自專長，分題講演所作記錄的合集。由於其成於眾手，自然對「文學」之整體概念難有周延深入系統性之剖析與解說；由於其出諸演說時之記錄，非主講者親撰成文，因之章法散漫、浮言贅語亦有所難免。但因為出諸一時名家，其理論見解、眼識觀點，足供吾人今日厭飫甘旨、擷菁取華者，實所在多有。

本書署「鄭騫等著」，收錄鄭先生〈中國文學的精義〉。鄭先生為筆者業師，今日讀此文，猶似昔年在課堂上，聆聽先生循循善誘，興會盎然的引人入勝。他首先把「文學」的定義，就中國文學的意義與變遷提出討論。指出古人對文學的看法，包括經書「詩言志」和韓愈說的「文以載道」，能夠做到道與志合一，也就是既和平中正又溫柔敦厚，才是中國文學精義的所在。接著他說到中國文學之美有王國維《人間詞話》所說的優美與壯美，而強調皆出諸自然，如此才不失中國文學的特質。他從「聲音」和「顏色」兩方面舉名作為例，來說明中國文學的特質。就「聲音」而言，他以「四聲遞換」和「句子音節單雙式」來分析韻文學中語言所蘊涵的旋律音樂美；就「顏色」而言，他單以「黃紫朱白」等來概括語言所具有的情境思想意趣之美。雖然他沒有時間充分舉例來作完整深入的論述，但事實上已清楚的告訴我們，欣賞、批評、研究中國文學，應當從「詞情」與「聲情」之是否「相得益彰」入手，因為那是不可或缺的兩把鑰匙，可以開啟中國韻文學潛藏的奧祕。

像鄭先生這樣令我們「受益良多」的文章，合集中，譬如成中英先生〈存在主義與中國哲學〉，對當時「時髦的」西方存在主義之意涵與中國哲學之菁華，作深入淺出的比較和詮釋，給我們許多的啟迪。俞大綱先生〈國劇學理〉，可說是進入中國戲曲之門所應先讀的文章。黃得時先生〈臺灣光復前後的文藝活動與民族性〉則是我們了解臺灣文學史不可不讀的一環，而從中也使我們了解到日據時期，何以舊詩是臺灣文學的代表，以及二次大戰中，何以對祖國的思慕。

此外，錢穆先生〈學術與人才〉、邢光祖先生〈中國文學欣賞〉、崔垂言先生〈莊子對中國文藝的影響〉、潘琦君先生〈中國詩詞之演進及戰鬥性〉、葉維廉先生〈從比較的方法論中國詩的視境〉、彭歌先生〈弗洛依德、存在主義與文學〉；諸先生既皆一時俊彥，今日看來或已為先進前賢，讀者必可從中含茹其英華。也就是說，本合集為令人「開卷有益」的「談文學」之書，絕對是可以肯定的。

二〇一九年四月十八日凌晨曾永義序於臺北森觀

目次

學術與人才

錢　穆

近年總統號召我們復興文化，這是一個具有歷史性的大運動，決不是兩三年就可收到成效。我們只能說，現在只是開始。各位對這運動，都負著很大責任。我們要知道，學術與人才，是復興文化最重要的基礎。人才可以開創學術，學術可以培養人才，兩者互為因果。有學術，就有人才，有人才，就有學術。從民國以來，我們學術界走的是一條並不正確的路線。新文化運動開始，我們的學術界都是偏向於懷疑、批評、推翻、打倒，完全屬於破壞性的，建設的意義少。因此，我們可以說，這是一條反面的路線。而影響了全國的青年，他們走上破壞的道路居多，走上建設的道路居少。那時學術界有句口號，叫「整理國故」，這四個字像是正面的、積極的、建設性的，但是，大家僅能枝枝節節、零零碎碎的，在材料上做點考據功夫，對我們國家民族大的方向和意義上，缺乏貢獻。這就使我們這一代青年們一方面受了反面懷疑、批評、推翻、打倒的風氣感染，養成了心理上的習慣。而「整理國故」又使他們跑上乾燥無味、無系統、無計劃的考據學的路上去。我這樣說，聽起來好像說得過分，其實並不過分。我們那時的學術界，可以說是幫助了今日的共產黨開了一條路。我個人從前在大陸的大學教書，接觸過很多青年，這些青年都應該是國家的人才，結果卻都起了反面作用。我們從民國初年到現在，只有一句話、一條線下來，那就是「提倡科學」，從無人提出反對。可是我們要知道，學術不能唯科學、純科學的。就科學二字而言，有自然科學、人文科學、社會科學，至少科學具多面性，不能以自然科學包括所有學術，也不能使每個人都變成科學家。而且每種科學的對象不同，自然科學的對象是自然，是物。人文科學的對象是人，是社會。這就大不相同。由於對象不同，方法也就不能一致，無法以一個方法，包含兩種科學的要求。

一位科學家研究物理、化學、生物學，以及一切自然科學，他本人置身於研究對象之外。但是人文科學研究的對象是人，研究者本身亦是人，研究者已經在研究對象中間，無法置身於研究對象之外。比如研究洋老鼠，或研究一隻兔子，人與研究對象是分開的。如果我們講家庭、講社會、講國家、講人類，我們就在家庭、社會、國家、人類之中，不能說自己是一學者，就可處身事外，來研究它們。所以這與自然科學迥異其趣，截然不同。我們又可以舉一個例子來說明這不同之處，一位自然科學家要頭腦冷靜，要客觀，不動絲毫感情，去研究任何物質方面的某一問題；而我們一位人文學者研究家庭、社會、國家、人類的種種問題，卻離不開感情。各位也許會認為感情是礙事的，一位學者不應該用感情，要純理智，要純客觀，要科學方法。這是研究死東西，而不是對研究人文而言。齊家、治國、平天下，最重要的就是我們的感情。

我們做學問，研究人文科學和社會科學，不能離開感情。但感情會不會誤事呢？實際上說，某些感情是要不得的，要誤事的。中國人的傳統文化，所講的學術，只對人文科學方面功夫用得大，成績也好。最講究的是正心誠意，也只有在正心誠意的情形下所產生的感情，才是我在這裡所說的感情。只要你是研究人文科學，你對夫婦，對父子，對兄弟，對朋友，對鄉里，對社會，對一切人群，一定有一番極懇切、極純潔、極高尚的感情在裡面。因此中國人講人文，非常重視正心誠意。心不能偏，意不能偽。這是第一點與自然科學不同的地方。

其次，比如我研究物理化學，研究生物學，我所研究的東西，任我擺佈。研究者是主，被研究的是客，甚至可說是一堆材料，一堆工具，兩者的地位並不平等。我們研究人文學，研究社會學，對象是人，研究者也是人，被研究者有其獨立的地位。即使是幼稚園的小孩，也有他小孩的尊嚴。兩者的地位是平等的。孔子曾說：「吾道一以貫之」；曾子說：「夫子之道，忠恕而已矣」。忠恕二字，就是正心誠意。難道忠恕不是感情嗎？如果木然無動於衷，以純客觀的立場來研究我們人，這很可怕，他來研究我們人的問題，是不是要超出乎人之上，像我們研究自然界的那樣呢？

同時，自然科學是可分的，愈分愈細，分到今天，弄得你不知道我，我不知道你，大家都變成專家。研究物理的，不懂化學，研究理化的，不懂生物學，研究植物的，也不一定懂動物學，研究蒼蠅的人，不一定懂白老鼠。但我們研究人文科學，必須全盤皆懂。我們研究家庭，就不能把夫婦、子女，一個個分開來研究。我們研究一個政治問題，法律、經濟、軍事、外交，不能只懂這樣不懂那樣，只解決這個問題，不管那個問題，這會出毛病的。所謂專家之學，照理只是研究自然科學的需要，而研究人文學，在求其通，要通才，才能見其大，能顧全一切。這才使這裡的事不妨礙那裡，那裡的事不妨礙這裡。現在，我們不得已，補偏救弊，用西洋人的方法，要民主，要討論，經濟問題是經濟學家的專長，外交問題是從事外交工作者的專長，我們很難於照顧全局，和有一個大的理想、大的目標，這是我們文化上的一個很大的危機。科學愈發達，人的世界愈來愈縮小。我們研究人文科學的也跟著自然科學走，分門別類，於是要想解決這個問題，就會影響那個，要想解決那個問題，也就影響這個。但是我們所需要的，是要有大建設、大眼光，要統籌一切，要照顧全局。

所謂科學方法，有一個最笨而最不可缺的方法——實驗，怎樣想就怎樣試。但人文科學卻不能拿來試。從這一點看，自然科學家與人文學者，他們的修養與方法，是有很大差別的。

中國人對人文學者的修養方法，講得十分透澈。齊家、治國、平天下，而以修身為本。修養我們的感情，就是修身極重要的一部分。中庸上說：「唯天下至誠，為能盡其性，能盡其性，則能盡人之性，能盡人之性，則能盡物之性」。這是有層次的。先要盡自己的性，才可盡家庭、社會、國家之性。而後可以盡物之性。西方人的科學發展到今天，他們已盡物之性了，但並沒有盡己之性，盡人之性。我們覺得這樣的偏重於自然科學，是本末倒置。今天世界上人類文化上的大弊，是人文科學追不上自然科學。照中國人理想，人文科學在前，自然科學聽憑我們使役，那麼自然科學對人類社會的貢獻，會與今天大不相同；這就是中國文化的偉大處。

天地萬物，連人在內，都是自然，都有一個性。中國人最看重這個性字，西方人沒有這個字。他們講的 NATURE 是自然，而不是如我們所說的性。我們把萬物包含在一個「天」裡面，所謂「天命之謂性」，就是這個意思。從事研究學問的人，先要「克己復禮」。為什麼要用這個「禮」而不用「理」呢？因為中國人的想法，如用「理」字，人就變成冷酷無情，「禮」字卻蘊含著人情味。中國人說天德王道，人的修養到最高境界，便達到天德。這種德，用到社會上，就是王道，所以我們把「天德王道」四字合起來講。就人的內部來說，修養德性，成一個聖人，表現在外面的是世界大同的王道。所以我們要做內聖外王之學。中國文化傳統，共同的信仰，共同的目標，都是這種內聖外王之學。不是沒有過失就叫聖人，聖人要能王天下，並不是權謀、欺詐、富強、勢力，一切都可以王天下。必須聖人天德才能王天下。因此，我們做人文學的學問，基本條件要自己先做聖人。聖人是不是可以做得到呢？人皆可以為堯舜，當然我也可以。如果做不到聖人，那麼可以做賢人、做君子、做善人。假使連善人也做不到，要做小人的話，那還有什麼好說！小人又怎能談學術？

聖人有兩種，一種是上帝的賜予，所謂「天縱」，像孔子就是。還有一種聖人是「困而學之」的，我們現在還不困嗎？但可以放心，這是上帝降以大任，叫你去做聖人。中國人偏重於人文學，偏重於期望人人為聖人、為賢人、為君子、為善人。堯舜時，沒有思想家，沒有教育家，沒有一切文化，堯舜是怎樣做聖人的呢？這是性之焉，是天生的，是上古的聖人。湯武時文化已是大開，他們也是聖人。他們是怎樣做聖人的呢？反之焉。看見堯舜做得好，反之於身，當然也變成聖人了。孟子說：「反身而誠」，如我們中國人注重孝道，看到書上面這樣說，反過來自己想想，覺得對父母應該盡孝，這就是所謂天德。天生人類該要孝，但是還有很多人不孝，我們說是「未盡性」，也就是盡性的功夫沒有到最高境界。諸位以為今天人類可攀登月球，科學已到最後一步了吧？其實科學只是剛開始。自然科學再過五百年，一千年，不曉得要到一個什麼境界。我們不能單讓自然科學進步，我們人本身也應該要求進步。

我們講聖人、賢人，還不是跟上月球的人一樣，只有少數幾個。宋周濂溪先生有一句話：「志伊尹之所志，學顏淵之所學」。伊尹是一個鄉下種田人，然而他的抱負很大，要對社會、國家貢獻堯舜之道。我們應該以伊尹的志向為志向，但應學顏淵之所學。孔子是天生的大聖，學孔子最有心得的是顏淵，所以我們要能學顏淵之所學。我想我們中國人講人文科學、社會科學，要栽培人才，就在這兩句話上。學者所以學為人，做學問，就是要學做這樣的人。我們所提出來的目標、方法、理想，與自然科學不能一概而論。我們希望今天以後的中國，出新的人才，我們一定要走一條新的學術的路。

我們今天講自然科學和人文科學，只有兩面。孔子門下，則分成四科。德行、政治、言語、文學。政治是為政之道。言語不是講話，而是外交。春秋時代國家很多，最重要是使於四方，不辱君命的外交人才。孔子所講的文學，不是我們今天所講狹義的文學，而是廣義的文學。而總綰政治、言語、文學三者之學的，是德行。所以孔子門下的德行，要三者貫而通之。顏淵的德行與孔子差不多，就如兩張同一形式、同一質料的桌子，所區別的只是大小不同。後人贊顏淵為小孔子。我們要學顏淵，做小孔子。人文學的標準，便是要學孔子。此種學問，不在人文之外獨立成一學問，而在人文範圍之內，求一會通，這是中國人文學的理想。總統所號召的文化復興，如以西方專家分科之學，加上我們中國傳統的通才、通學的人文之學，這才是中國最理想的文化復興。不僅可以救中國，而且還可以貢獻全世界，使全世界今天的文化危機，獲得新的生命。

在復興文化的大前提下，我們如何來復興中國舊的人文學？中國從孔子到現在二千五百年的這一套傳統的學問，就造成了這一套文化。我們要復興文化，就要復興這一套學問。中國從前也有自然科學，然而比不過今天的外國。外國人雖沒有像中國的人文學，但他們有宗教。我們覺得宗教家講的，雖不及孔子的博大宏通，但對他們的人文學亦有補偏救弊之功。我覺得我們一方面應該在學校裡，一方面在我們各人的修養上，要提倡一套我們中國的、舊的、傳統的人文學。

從前廣東有位大學者，名叫陳灃，他說學問分兩大類，一是博士之學，一是士大夫之學。西方人今天的大學，都是文理學院分開的。但是他們的文學院採用理學院的精神，中國也師法了他們的制度，我們可以稱此為博士之學。比如有人進了大學，先選文學院，進了文學院之後，還要再選中國文學系。進入國文系後，就開始學文學概論、文學史、詩、歌、詞、小說等種種。學到最後，得到了學士、碩士、博士的學位。民初就有人說，這是洋八股。西方這種教育制度，就等於我們科舉時代考八股。現在一個知識分子，一個公教人員，一個中年人，或許沒有進過大學。進過了大學，或許沒有得到博士學位。即使得到了博士學位，老實說一句，他在今天也不能做這學問。從事於公務、社會等工作，豈不是在學術圈子之外了嗎？只有在大學當教授，還可以講這門學問，這就是博士之學。我們中國人一向講的是士大夫之學，窮則獨善其身，達到兼善天下。我要從事國家社會一切的工作，當然不能不學無術，總得講一套學問。我們中國人講學問是怎樣的呢？人是來做事的，所以說齊家、治國、平天下。不是來做學問的，沒有說生下一個人來專是做學問的。學什麼？學做人。人怎麼做？就是齊家、治國、平天下。人生下來本來就是替社會、國家做事的。那麼我們今天對大學這套課程又有什麼用呢？學了文學，不通哲學。學了哲學，也不來管文學。還有社會學、政治學、經濟學、法律學，很多很多，造成了一個、一個的專家，這對將來的世界，是值得憂慮的事。從前這樣說，不易為人所接受，今天來說，人類文化的危機，已經表現出來了。

那麼我們怎樣來講士大夫之學呢？我們剛才說，自然科學的對象是物，人文科學的對象是人。現在再照這個說法來講，博士之學的對象是學問，學文學的，學哲學的，各有其天地。士大夫之學的對象並不如此，是學在社會上怎樣做一個人，對社會有什麼貢獻。所謂修養，是對自己的一種貢獻。講文學，比如我們讀陶淵明詩，讀杜工部詩，老實說，陶淵明比起我們今日的生活來，或許陶淵明更困苦。杜工部所處的時代，比我們也更為顛沛流離一些。如果我們多讀陶詩、杜詩，對我們個人德性的修養，以及人格的提高，我想會有很大的幫助。我們讀韓愈、歐陽修的文章，同樣對自己有幫助。諸位不要誤會，我不是來提倡舊文學，希望大家做陶淵明、杜工部、韓愈、歐陽修。我的意思是我們讀舊文學的書，應該在舊文學中產生出新文學。新文學要創造，怎樣創造呢？就是在舊文學中創造出來。各位也許要反對。但各位讀英國文學、法國文學，一樣是在舊文學中創造新文學。哪能不讀一書，不識一字，而成為文學家的呢？現在以中國的傳統，中國的社會，從陶淵明、杜工部的詩中，來創造新文學，比讀西方文學家的作品來創造中國新文學，要親切，方便得多。所謂「詩言志」，詩裡面的鳥獸草木，天地自然，只是一種比興而已；談到志，我們要「志伊尹之所志，學顏淵之所學」，我們要做一個聖人、賢人君子、善人，從人的本身發揮出來的，才是我們理想的文學。書裡面有人生的理想，有人生的境界。

我們讀舊文學，也不是一定要做個文學家，但我們要能欣賞。我不寫作，但要能運用。我們仍應有文學家的心情與生活。所以我更主張諸位，不一定要讀陶淵明、杜甫，也可讀李白、白樂天，也可讀蘇東坡、陸放翁。比如柳宗元貶在永州，蘇東坡貶在黃州，讀柳宗元的〈永州遊記〉及蘇東坡的〈赤壁賦〉，就可知道我們今日的生活比起永州的柳宗元、黃州的蘇東坡，不曉得高多少倍。我們之所以去讀它們，是追求人生更大的享受與更高的境界。事業不只是我一個人的，我不做文學家，可是我希望中國社會再出文學家。出一個文學家，要有十個、一百個能欣賞文學的。我們中國的社會，是一個詩的社會，是散文的社會。我們的人生是詩的人生，散文的人生。中國人的詩和散文，不知有多高境界。至於我們今天用白話，還是用文言，這並不是問題。韓愈和杜甫寫文章並不像現在這樣寫，我們又何必學他們。我們開始已經說過，我們是在學做人。

我們今天在復興文化的大前提之下，我們與其讀哥德、莎士比亞，不如讀韓愈、杜甫。因為他們是中國人，我們的文學有我們的傳統。我想各位都是中年人，都有職務在身，要想像大學的博士班那樣研究文學，沒有這個精力與時間，也沒有這個需要。可是我們不能一刀斬斷，我們讀舊文學，是一種享受，一種消遣，自然而然會使我們提高境界。可是我們不能專做一個文人，中國人極看重文學，然而又極看輕文人。因為我們中國人要做的是善人、君人、賢人、聖人，要修身、齊家、治國、平天下，不是要做一個寫文章的人。同樣的，中國人看重歷史，但從來沒有提倡要一個人一輩子做一歷史家。大家負了文化宣揚、改造社會的大責任，怎麼能不知道一點歷史呢？但是我們無法把二十四史貫通，也不必像博士之學的歷史專家那樣去讀歷史。孔子以下的大人物並不多，一個時代幾人而已，我們只要讀讀歷代的盛衰興替，讀讀大賢人、大名人如何立身處世，我們要復興中國文化，要復興中國人，看看從前的中國人怎樣做人、做事，這是我們大家都可做得到的。講到經學，不一定大家要知道十三經，但是要翻翻四書，我們不需要做一個中國學術史、哲學史、思想史、或經學史等專家，然而我們一向人人必讀的四書，應該有所了解。民初以後那種打倒孔家店、禮教吃人等等已成過去，我們也曾身受其害。今天應該勸導大家，對孔孟重新估價。對批評孔孟的人，如老子、莊子，如何批判，我們也該加以了解。歷史上有講孔孟之學的，如程子、朱子、陸象山、王陽明，我們應該知其然，他們是怎樣的一個人，一生做點什麼，講的是什麼，我們只要知其大意。近代中國人如林則徐、曾國藩，是怎樣一個人，我們也應該翻翻他們的作品。這樣，使我們人的生活中加進了學問的生活。我想今天在座諸位，平常再忙，也該抽出時間，真正我們所要讀的史學、經學，也不過一二十部，這才是通才之學。

今天中國社會，缺乏通才，每碰到做學問的，不是史學家，就是文學家；那麼再問文學裡面做什麼的？如小說家，都是專家，這是做學問。可是我不希望講學問，希望講人。我個人沒有進過大學，沒有得過學位，沒有三年、五年的時間到圖書館寫論文。我只是在小孩子時就開始學，做一點傳統上大家都在做、都知道的事情。今天西方人的一套是西方人的，我們中國人的一套，我的意思是還應該拿來提倡。我們看孔子十五而有志於學，三十而立，四十而不惑，五十而知天命，六十而耳順，七十而從心所欲不逾矩，我們當然學不到孔子，也許各位已過三十，假使三十而有志於學，那麼四十而立，五十而不惑，也不為遲。我們要提倡復興中華文化，我慎重的希望諸位，對我的話，加以一番考慮。我們來提倡，在我們朋友中間，在我們青年中間，要除了以學問為對象的做學問以外，我們要以人作對象來做學問，哲學、經學、史學、文學，像陶淵明那樣粗枝大葉的做學問。比如我讀《論語》，不能全部懂，這也就好了，因為我懂的已經對我有用了。我讀陶淵明詩，我不會寫詩，但我感到趣味。我的想法，要復興中國文化，一定要復興中國人。天生下來的人，不是文化陶冶的人。我們父母是中國人，生下子女也是中國人；這只是籍貫如此。一定要進中國學校，一定要受中國文化陶冶，他才變成一個中國人。洋化的中國人，怎麼能復興中國文化呢？這是中國洋化，不是中國復興。要復興中國文化，先要復興中國的人。要復興中國的人，就要復興中國的學術。在這風氣之下，做個受過中國文化陶冶的通人。講學問，我沒有學問。講人，我是一個中國人，是中國文化傳統中的一個人。如此情況下，少數中的少數，於特殊環境中，他們可以創造後面的新學術，出新的杜甫、新的司馬遷、新的司馬光，也許還有新的孟子、老子、莊子、荀子。我們有中國舊傳統的學術修養，我們可以做理想的儲備人物。倘使今天中國到了個理想的時代，我們就是那個時代中不可或缺的人物。我們處於社會任何一方面，家庭、朋友、以及每一角落，我們這一套都可發生影響。但我們並不是要做學者，學者要在大風氣中間少數的人來擔當。

我今天這些話，並不是希望各位來研究個人自己的學問，我的意思是希望各位做一個新時代的新人，我們提倡一種新的學風。我個人的意思，今天大學分科的教法，總還值得研究。不過人微言輕，並且茲事體大，要把文學院來改造，這事情不容易。西方人怎樣，我們也跟著怎樣，這套是博士之學。可是我們今天不在大學，我們從事於公、教、政、軍的工作者，可以享受中國傳統文化中的修身、齊家、治國、平天下之學，我們為什麼不享受呢？我們千萬不能接受新文化運動以來的推翻、打倒，也不要被「科學方法」四個字嚇得我們只去做專家。不能做真專家，就得做假專家，這是須要糾正的風氣。我學，是學做人，做什麼人？做今天的中國人，做明天的中國人。今天我們一定要子女到外國去留學，未必一定能做明天的中國人。我們中國明天不一定需要人文科的博士之學；今天我們需要的是通人，要有通學。中國人今天被人稱讚為最偉大的，是烹飪，外國人無有不佩服。中國人的烹飪好在哪裡呢？在調和，菜肴和作料調和得十分可口。我們做學問，也等於做菜一樣，一點肉絲或雞絲，加點粉，加點菜、醬油，一煮一炒，就成佳肴；不要一輩子做一個哲學家，或者文學家、史學家，那與社會隔得太遠。我們中國人的學者，稱為士大夫，在家庭、社會、國家裡面親親切切，學用一統，這就是我們中國人的理想的人文學者。

中國文學欣賞

邢光祖

今天承國軍新文藝運動輔導委員會的邀請，在這裡發表專題演講，本人至感榮幸，並樂於接受。本人之樂於接受，並不是因為本人在軍事學校裡擔任一部分教育工作，也並不是本人在一生之中為國家和黨曾從事奮鬥工作，而是因為在今日中華民國的學術界、文藝界，在精神上能繼承辛亥革命，步武五四運動，與不切實際的漢學及教條主義的宋學相頡頏，真正能了解文藝必須與時俱進，與時俱新，使我們文藝非但可以反映時代，並可以創造時勢；環顧當前國內，真正能夠特標新文藝的，我想只有我們國防部總政治作戰部轄下三軍的筆的部隊了。

今天講的題目是「中國文學欣賞」，但我必須先有一點簡單的說明，那就是現代的學術以至於文藝，都是比較的，我們平常所讀到的所謂中國哲學史，比如胡適之先生、馮友蘭等很多人都寫過中國哲學史，還有中國思想史、文學史、藝術史，雖然冠以中國二字，但是如果稍微熟悉一些西洋的學術、文藝，每每感到有些思潮或作品未必只是中國才有。例如我國儒家的人文主義，與西洋古希臘蘇格拉底、柏拉圖和亞歷斯多德所標舉的，或西洋十五世紀文藝復興時代所標舉的，以及近代十九世紀末葉及本世紀初，美國哈佛大學教授白璧德和鮑德牧師所推行的，也是人文主義，內容與精神，多少相同。所以我們以哲學的背境來說，人文主義並不一定限於中國，有很多人認為只有我們儒家才有人文主義，這種看法是錯誤的。再說胡適之先生所提倡的新文學運動，我們不能否認胡適之先生對新文學運動有極大的貢獻，我們可以看到今天在書報刊物上所用的都是白話文學，都是新文學。對胡適之先生所倡導的新文學運動，事實上我們可以承認它的價值，但是如果檢討的話，它是文化交流，異花受精所產生的結果；換句話說，它受外國的影響，勝過我國傳統影響；其影響來自當時艾茲拉・龐德 (Ezra Pound) 和艾米・洛威爾 (Amy Lowell) 等所發起的自由詩運動及後來的意象詩派 (Imagism)。

我們提到中國文學，很多人認為只要用中文來寫的就是中國文學，然而諸位都讀過許多作品，例如以香港的徐訏先生的作品，與美國賽珍珠女士所著的《大地》作一比較，徐訏的作品是中文寫的，《大地》是用英文寫的。徐訏作品中充滿巴黎風光、異國情調，而真正發揚我們中華民族精神的，我想《大地》勝過了徐訏的作品，大家都知道，《大地》在最後的時候，作者寫過：我們中華民族是根深蒂固地與土地不能分開的。

這種精神，就代表了我們中華民族的民族精神。所以我們談中國文學，先得把語言撇開，不要以為不是中文寫的作品，就不會發揚中華民族精神的，也不要以為用中文寫的，都是發揚中華民族精神的，這樣一來，才能得到正確的評估，再如去年獲得諾貝爾獎金的日本作家川端康成，他深受我國佛教文化的影響，以川端康成與徐訏的作品相比，川端康成作品接近我們民族性，勝過許多留學於國外，陶冶於西洋情調的國人作品。

第二、我們談到文學，不期然要問什麼是文學？全世界文評家到現在還無法得到一個公認的結論。在中國，我們有些舊文學傳統中培養出來的學者，他們一定會說，文學二字從秦漢時代起，就分為文章與博學，在魏晉南北朝有一時期有純文學的出現，結果，又發生文筆相對，文就是純文學，所謂筆呢，就是隨筆雜感；唐宋時代從韓愈起，把文與道合而為一，而偏重於道，對於文學的概念始終是模糊的。西洋的情形也是一樣，西洋有一個廣泛的定義，指文學為經驗的記載。那麼我們要問，像報紙上所刊登的新聞，都是經驗的記載，是不是就算是文學了呢？英國十九世紀最偉大的批評家馬修・安諾德 (Mathew Arnold) 他說文學是人生的批評，他的意義與韓愈的「文以載道」有點相近，觀念也都是模糊的。我們不過是根據傳統的說法，說莎翁、但丁、李白、王維、杜甫等所寫的是文學，而不知道他們所寫的為什麼是文學，這不過是人云亦云，並無自己主觀確切的概念與分界。最顯著的便是報上所載的有些我們承認是文藝作品，但武俠小說是不是文藝作品？當然不是文藝作品。它只在小說上襲取了懸疑的技巧，在緊要關頭，用停留之筆，以待發展到最高潮，使讀者如置身於暴風雨前的窒息之感而誘發閱讀興奮，除了這點技巧之外，實無思致或藝術可言。

有時，有人常常問我，什麼是文學？這使我想起中世紀一位天主教神父聖奧古斯汀 (St. Augustine) 說過的話，他說：「你不問我，我還知道；你一問我，我卻不知道了。」又如十八世紀英國大文豪約翰遜 (Samuel Johnson)，人家問他什麼是文學，他說：「你問我這是什麼燈，我知道；但是你要問我光是怎樣產生的，我不知道。」既然文學的定義模糊到這地步，本人願意借這個機會，舉出三個例子來說明文學究竟是怎麼回事。

第一個例子是英國十九世紀最有名的浪漫詩人柯勒律治 (Coleridge)，有一次去欣賞一個很偉大的瀑布，正在思索用什麼字去形容它，恰好旁邊有一對夫婦，那位太太說：「真美，這是我有生以來所見最好的瀑布了。」她先生就說：「親愛的，這不僅是『好』，它是雄偉、崇高！」這使詩人得到了靈感。換句話說，看到某一物象而能找到一個適當的字彙來描寫，達到一般人所公認，這就是文學。第二個例子是近代野獸派畫家竇加 (Degas)，他繪畫但常常寫十四行詩，有一天，他滿腹詩意，但卻寫不出來，於是去請教好友法國名詩人馬拉美 (Mallarme)，詩人告訴他：「詩並不是用思意 (ideas) 寫成的，而是用文字寫出來的。」這就是說，必須要有文字表達的能力；即使你是一個大哲學家，假使不能用文字表達，就不能算是哲學家。第三個例子，是十九世紀末、二十世紀初的一位大作家阿諾德・貝內特 (Arnold Bennett) 在 *Literary Taste: How to form It* 論 "What is Literature"，什麼叫做文學？他舉例說，有無話不談的摯友甲、乙二人，某日相偕同行，甲見乙悶悶不樂，問他有什麼心事？原來乙愛上了他們兩人共同認識的女孩子，而不便將心意向甲訴說，但他經甲慰勸後，不期然的說：「她簡直是美得出奇！」甲覺得很奇怪，因為他從來不曾注意過她，不知道她美在何處；後來他想，可能乙所發現的是平凡中的神奇，這是很了不起的。作者加以詮解說，甲就在美的發現的一剎那，已進入文學的領域，這是一種詩的境界。這三個例子，用不到下結論，想大家一定能從裡面了解到文學的意義。

其次，關於欣賞的問題。誰都知道文學在於欣賞，記得義大利有位作家查爾斯・斯佩羅尼(Charles Speroni)曾說，作家創作的過程是從他的想像世界為出發點而求文字表現，而我們讀者欣賞作品的過程是由作家的文字表現，而回復到作家的想像世界裡去，所以作者與讀者過程恰好相反。隨便舉個例，誰都讀過李白的〈清平調〉，第一句「雲想衣裳花想容」，就有很多不同的解釋，一班考據學家、文字學家，他們認為想者像也，雲像楊貴妃的衣裳，花像她的容貌；假如真是這樣解釋，試問李白的作品還有什麼價值呢？也許有人會作如此解釋：看到天上的雲，就想到她衣服的華麗，看到花的美，就聯想到她的容貌；這比第一個解釋，似乎要好得多了。若更進一步去解釋，說天上雲的色彩也要模擬她的衣裳，花的嬌艷也想模擬她容貌的美麗，也許這樣更接近李白。我們應該把考據、訓詁，一切放開，自己作主觀的欣賞才是，這是個人對於文學欣賞的淺見。

此外，文學的欣賞在於美，歷史家是無從欣賞美的，他們偏重於考據作家身世，社會環境，他們只想知道楊貴妃如何替李白磨墨，高力士如何替他脫靴，他在洋洋得意之中，如何寫下了〈清平調〉。一班重於文字考據的人，從說文解字去求解釋，往往把文學的美扼殺；道學家也不能欣賞，因為他們在〈清平調〉中找不到忠孝仁愛、信義和平。文學雖然也與道德與社會有關，但用道學家、歷史家、考據家的目光去看文學，永遠不會懂得欣賞；只有具有文學氣質的人，才能體會到文學的美。李商隱〈錦瑟〉詩有一百多種解釋和考證，文字學家從每一個字上去考究，結果就等於入林只見樹，入乎其內而不能出乎其外，對整個森林之美，一無所覺，所以這種人是不能欣賞文學美的。去年有一批留學美國的學人來參觀故宮博物院，經本人冷眼旁觀所看到的，他們只不過以故宮博物院的畫，來做一篇博士論文的資料，而真正欣賞的能力卻是很低；同時，他們是去考據，而不是去欣賞，這對故宮博物院是一種侮辱，因為到那裡去，應該真正從事欣賞才對。

「中國文學欣賞」是一個大題目，所涉的範圍極廣，中國的文學幾乎汗牛充棟，包括中國所有作品在內，尤其是從先秦時代起，以歷史言，我們不能說司馬遷的《史記》、左丘明的《左傳》不是文學。古代常常把歷史、漢學、義理，都合併在文學範圍裡面，明明寫的是義理或考據的人文科學作品，往往是用文章加以潤飾的。我們到現在，談到文化復興運動，所感覺到不幸的，是從五四運動以來，缺乏整理的工作，哪一部分是倫理哲學的，哪一部分是歷史的，哪一部分可以當作文學欣賞的，沒有分門別類劃分清楚，這工作我們應該做，能夠做，可以做，卻沒有做。現在我們講到哲學，就講到六經，講到文學，也從六經講起，講到歷史，也是從六經開始，事實上六經中有些部分是關於文學的，現在我們雖然講文學欣賞，但大都是用傳統的方法，不是基於現代文學的觀點，這不能不說是一大缺憾。

中國的文字對中國文學的影響很大，我們的文字都是單音字，古代的時候由於刀削困難，所以過去的文學都簡而練，不論詩詞，講究一字之巧，常常只有一句詩，就可流傳不朽。正由乎此，文字加之於我們民族的一個特質，那就是我們中華民族是直覺的民族，思想具有跳躍性，比如我們祖宗並沒有邏輯，但我們有辯證法，我們的畫還沒有走上自然主義的路，但已臻有後期印象派——如米芾的山水。我們到現在還沒有旋律的樂器，但嵇康的樂理早已窺到現代所謂絕對音樂、抽象音樂的極詣，這就說明我們中國人的直覺特性，西洋文化每每逐步演變，而我們則是跳躍的；有人說，現代派的畫，是由中國清代八大山人開始的。莊子的倜儻，孟子的雄辯，文字非常簡練，都是用單刀直入的直覺取勝的。也由於此，我們中國有萬里的長城，但只有簡短的詩篇。自古以來，我們沒有諸如希臘荷馬，印度《羅摩衍那》*Ramayana* 及《摩河婆羅多》*Mohabharata* 長達幾千行的史詩，只有如〈孔雀東南飛〉、〈長恨歌〉、〈圓圓曲〉等故事詩，規模較小，且抒情的成分勝於故事的描述。《楚辭》較長，但《楚辭》重疊迴複的地方很多，漢賦也較長，但賦者敷也，本來只是一首小詩，由敷演而成賦。自從魏晉到唐宋，可以說是抒情詩的時代，大抵以閨怨、鄉愁、追憶為題材。抒情是直覺的表現，而中華民族是直覺的民族，所以中國可說是一個抒情詩的國度，連中國的傳奇、戲曲、雜劇、以至於小說，也是詩的成分居多。打開《三國演義》一看，就是一首詞開始，《紅樓夢》中的詩詞更多。許多戲曲是拿給人家讀的，而不是到舞臺上去表演的；現在的平劇剛好相反，只能在舞臺演唱，而無法給人吟詠、品嘗，與莎士比亞 (William Shakespeare)、莫里哀 (Molière) 比較，我們戲劇是落後的。這就是因為文字加之於文藝的限制，而使抒情詩成為中國的正統，其結果是使其他品類的文藝不能充分或單獨發展。

現在舉出可以代表中國的抒情詩，如唐代崔顥的〈長干行〉：「君家何處住，妾住在橫塘，停船暫借問，或恐是同鄉。」王船山在《薑齋詩話》中，說這首詩是：「墨氣四射，四表無窮，無字處皆其意也。」

王維〈雜詩〉之一：「君自故鄉來，應知故鄉事，來日綺窗前，寒梅著花未？」金昌緒〈春怨〉：「打起黃鶯兒，莫教枝上啼，啼時驚妾夢，不得到遼西。」劉采春〈望夫歌〉：「不惜秦淮水，生憎江山船，載兒夫婿去，經歲又經年。」

這些都是中國詩人之所擅長，正因如此，所以中國詩人都在思致方面下功夫，例如詠雪：

一、積得重重那許重，飛時片片又何輕！
二、臥聽疏疏還密密，起看整整復斜斜。
三、斜侵潘岳鬢，橫上馬良眉。
四、黑狗身上白，白狗身上腫。
五、坳中初蓋底，垤處遂成堆。
六、隨車翻縞帶，逐馬散銀杯。
七、簷前數片無人掃，又得書窗一夜明。

八、忽然捲幔如逢月，可惜開窗不見山。
九、填平世人嶔崎路，冷到人間富貴家。
十、待伴不嫌鴛瓦冷，羞明常怯玉鈎斜。

幾乎都是在同一個題材的想像力上鬥巧。

抒情詩因文字的性質大抵在一個字上面做功夫，或在詩詞的整齊上推敲，假如予以批判，在技巧上相當圓熟，但從文學的整體性 (organic unity) 來說，都無甚意義；對於整個社會、國家，甚至人類既乏啟發的作用，對於整個人生，也沒有淨化美化的功能。比如過去有「僧敲月下門」和「僧推月下門」，在「推」、「敲」兩字上去研究，是小德小智，不是大德大智。不過，我們的抒情詩除在想像力上鬥巧外，還有一種獨特作風，最為外人欣賞，說是中國詩有一種不盡之意，見於言外的特點，這是中國詩的長處。英國十九世紀有一批評家斐德 (Pater) 曾經說過：「不要把一首詩說完，一定要留一點讓讀者去思量。」

如陶淵明的詩「此中有真意，欲辯已忘言」，李白的「但見淚痕濕，不知心恨誰？」以及其他的「閣中帝子今何在，檻外長江空自流！」「同來玩月人何在？風景依稀似去年！」「人面只今何處去？桃花依舊笑春風！」這些為宋代嚴羽在《滄浪詩話》中所說的「言有盡而意無窮」的詩篇，可說是中國詩的特點之一。

在西洋也有一種 Ubi sunt 的詩體❶，法國大詩人維榮 (Villon) 也寫過傳誦一時的「去年積雪今何在」的名句，可與上面所引的中國詩相映輝。

我國批評家論詩——因批評家所論，是把過去所有詩詞的成就，或文學的造詣，加以綜合研究，作主觀的批判，唐末司空圖所特別標舉的味外味，也就是「言有盡而意無窮」的意思。嚴滄浪以禪論詩——禪在中國已有千餘年歷史，它唯一的啟發，是認為每一個人都有創作和欣賞的才能，由於人的本性相同，凡是他人能做的，自己也一定能做。清王漁洋獨標神韻，是指詩的虛無縹緲的

❶許多中世紀歐洲詩歌都以這個拉丁短語開頭，意思是「他們在哪裡？」這些詩透過一系列提問、冥想生命及死亡。

不盡之意，與王漁洋相反的有翁方綱，他標舉肌理，講究平仄、聲韻、音調；巧的是現在很多外國詩人也講究含蓄，正與王漁洋的神韻相吻合，而英國女詩人雪德惠 (Sitwell) 所標榜的 texture，也正是翁方綱所說的肌理。此外，明公安派與清袁子才的崇尚性靈，至民初王靜安的揭櫫境界，這些都是批評家所樹立的批判標準。不過根據個人研究，王靜安先生所說的境界，大多是剽竊王船山的《薑齋詩話》，引證之處，亦多相同。現在有人已將《人間詞話》譯成英文，相率研究，以個人看法，王靜安先生的論境界尚不夠深入，本人特提出三點就教於各位：韋蘇州有詩「落葉滿空山，何處覓人跡？」大家說這有陶淵明風，這是第一種境界，第二種境界可引證蘇東坡的〈羅漢贊〉，只有八字，「水流花開，空山無人」，極盡自然之致。王靜安先生曾讚賞李白的「夕陽西照，漢家陵闕」為「闕千古登臨之口」，但本人以為還沒有一位和尚天柱崇慧的八個字寫得好，「萬古長空，一朝風月」，這是第三種境界。

中國歷代詩詞，如《詩經》裡的〈黍離〉、〈采薇〉，〈九歌〉中的〈國殤〉，荊軻的〈易水歌〉，曹植的〈白馬篇〉，王維的〈少年行〉，杜甫的〈前後出塞〉詩，陸放翁的〈示兒〉詩，文天祥的〈正氣歌〉，畫蘭不著土的鄭思肖的〈自挽〉詩，岳武穆的〈滿江紅〉，以及民初的黃遵憲、秋瑾、宋教仁、黃興的詩歌，感時憂國，頌揚武德的作品，在中國整個詩作裡，分量究竟還居少數，如果像顧亭林所說一代有一代的文學，那麼我們從事文學創作的工作者，不能說我們是不幸的一代——實在是應該產生一個反映時代，創造新時代的文藝，這種文藝要經過三重考驗，第一、我們現在所說的戰鬥文藝，或者軍中文藝，千萬不要忘了這一定要是文藝，而不是宣傳。我們必須保持文藝本身的價值，所以我們的戰鬥文藝一定要是文藝，不是教條，不是口號。唯其是文藝，又必須經過文藝標準的衡量，這個標準，是我們讀過了古今中外的偉大文學作品後，所得到的定論。第二、戰鬥文藝必定要是新文藝，個人從未把報上所登的四六文章或舊詩舊詞，視為文藝，因為這些不是創作，只是拾人牙慧，人云亦云，把人家丟掉的渣子堆積起來而已。我們一定要有新的語言，新的技巧。我們的文學要使全世界的人能夠接受，還要有新的意象，捨棄舊的詞藻；至於新的風格，這就要憑各人自己的文學修練工夫了。第三、戰鬥文藝必須要具文藝本身以外所有偉大文藝所必具的其他價值，一篇文章是不是文藝，是文學標準來決定的，但是不是偉大的文藝作品，不單是用文學的標準來決定的，換句話說，我們的文學，除了有理智的價值，情感的價值外，還有道德的價值。在這裡本人特別要談到我們中國人是一個很達觀的民族，「朝聞道，夕死可矣」，這是達觀，決非悲觀。以日本的三島由紀夫切腹自殺的事來說，破腹至痛，自殺至慘，他以一個文人要想恢復武士道的精神，結果自殺而死，可悲亦復可憐。以個人批判，他是生而不得其時，死而不得其道，所以日本是個悲劇式的民族，不若我們的達觀。三島由紀夫如生在從前軍閥時代，他將被捧成英雄，現在是死而不得其時，他以愚夫之忠而迷戀過去，這是死而不得其道；而我們的所謂達觀，是我們所追求的是道，人生最難的是生死的一關，尤其是前線作戰的戰士；就個人經驗來說，覺得從無可怕的事，因為我認為生是死的開始，死才是生的發軔。大家都知道有生必有死，法國的嚣俄(Hugo)曾說：「我們生來就已經被判死刑，但何時執行，不得而知」，這樣說來，生就是死的開始，因為隨時可死。那麼為什麼死才是生命的開始？我們死或輕於鴻毛，或重於泰山，如果我們的死能留一個榜樣，讓後來的人能前仆後繼的跟我們走，這不就是永生嗎？參透這生死之關，我們又何貪乎生，又何懼於死？如果個人有什麼哲學的話，那不是求生，而是求死，因為我死，則國家民族可以復生。

中國文學的精義

鄭騫

「中國文學的精義」題目太大，很難在兩個鐘頭之內發揮盡致，所以只能簡單的少講點抽象方面，而多講一點具體的論證。

我們首先把「文學」的定義，就中國文學的意義與變遷提出討論。「文學」的名詞最早見諸《論語》，孔子施教分為四科，德行、言語、政事、文學。那時的文學，並不是我們現在所說的文學，那是一般的、任何的學問，甚至包括現在所謂科學在內，所謂文學者，是學問的意思。在古時候，有一種官職叫「文學掾」，他的職掌，就如現在的教育局長，專管一州或一縣學術、文化方面的事務，並不專指文學，從這一點上，我們就可了解唐以前文學兩字的意義了。從北宋以後，文學兩字的意義就慢慢的轉變成我們現在所說的文學了；不僅要求文字優美，並區分了詩、詞、歌、賦等，賦予文學兩字新的意義。

現代的文學，我國在古時只用一個「文」字包括了它的意義，《易經》上說：「言之無文，行而不遠」，這「文」字就是指文學而言。直至唐韓愈，他說：「文以載道」，這「文」字也是指文學。六朝的《昭明文選》，包括了散文、駢文、詩、賦等所有文學作品，可見這個「文」字，就是文學的意思。中國古人對「文學」的看法，可用兩句話作為代表，那就是《書經》中的「詩言志」，和韓愈說的「文以載道」；而文與詩，包括了文學的大部分，至少中國舊文學就是如此。中國文學有四大部門，詩歌、散文、小說、戲劇；但是中國的小說，實際上乃是散文的演變，散文的擴充。中國的戲劇，始終沒有脫離詩歌的範圍，我們以前沒有類似現在的話劇，只有歌舞劇，它所歌唱的就是詩；例如元朝的散曲、明朝的戲曲，都是詩，所以文與詩，就包括了整個文學的全體。古人對文學的說法，有的說「詩言志」，有的說「文以載道」，用現在的話來說，載道偏於理智方面，是屬於後天環境的修養；言志是屬於先天方面，是喜、怒、哀、樂的情感發洩，就是所謂「心之所之」。因此，中國文學的意思一方面是言志，一方面要載道，因為人之所以有意義的生存，就在乎既有先天的性情，又有後天的修養。如果完全依照先天性情，我們不敢說人性完全是善的，不論是祖宗歷代積存下來的，或者是天生的，多少有點不太善的成分，必須要加以修養、磨練，才能成為至善至美。一個人任憑天性想要怎樣就怎樣，是不行的，社會不容許，自己也未必能站住；但若是完全為客觀的、外在的道所制，個人無獨立的意志、感情，這樣也不行，那是違反人性。中國文學主要的意思，是把兩句話合在一起，一方面載道，一方面言志，能夠做到道與志合一，這才是中國文學的精義，予人以道德、品性上的修養，並不是如古人所說那樣的「文人無行」。中國文學應該載道呢？還是言志？這是多少年來都在爭論的問題。比較自由、放任一點的人士，認為那是什麼載道，不過是腐敗、死板罷了，文學應該言志。又有人說文學是言志的，但言志又未免太放縱。我認為和平中正，溫柔敦厚的志道合一，才是中國文學精義真正所在之處。這和平中正、溫柔敦厚兩句話，出自《禮記》，本來和平中正是指和音而言的，現在用之於一切文學作品，既含蓄，又優美，沒有過的地方，也沒有不足的地方，始終把人的天性自由與優美和後天的修養揉和一起，發之於文字，這就是中國文學的精義。所以古代的大文學家，沒有不熟讀經典、詩書的，就因為有經典、詩書，就不會完全是人類基本天性和情感，還有後天的修養，把道貫徹到志裡面，此即中國文學整個背景。我對外國文學所知不多，但據我想，外國文學亦必如此，不過他們好像把言志，也就是情的方面，比較放寬一點，我們中國文學比較克制得嚴格一點，這是我個人的看法。

從而我認為和平中正、溫柔敦厚八個字，就是中國文學的目標，也就是中國文學的精義；不僅是文學，還有哲學、歷史；應該是有修養、有品格的人所發出的心聲，而不是沒有修養、品格、學問的人所寫出來的作品，這才是真正的中國文學。我們品評中國古今文人的作品，拿這個標準去衡量，總是相差不遠。

以上所談的為本題中心，究竟我們中國文學最精華、最緊要的目標是什麼？我認為就是這和平中正、溫柔敦厚八個字。《禮記》上說，「溫柔敦厚詩教也」，其實不僅是《詩經》，我們所有的一切文學作品，都應該是和平中正之音，溫柔敦厚之情。

我們談到中國文學的特質，大家一定都知道王國維先生在《人間詞話》中曾說美分兩種，一是優美，一是壯美。中國文學優美的成分較多，壯美的成分較少；這並不是不好，因為優美與壯美並無等級的差別，兩者各有千秋，好像我們偏食，有的喜愛吃脆的，有的喜愛吃硬一點的，其喜愛基於各人性情。照中國的地理環境、歷史背景，以及整個中國的國民性，適合於優美的發展，不太適合於壯美的發展，這不是我們的短處，而是我們的特點，我們不可能集所有長處於一身，只要求得某一方面的發展，已經是很好了。不過我相信將來會有所改觀，因為現在整個人類都已在開始改變，我們亦必隨之轉向，以後的環境，對文學上壯美的發展，比優美要容易一點。此外就是自然，不論是優美或壯美，沒有自然就不能成其為美，使人覺得不知不覺就是美，不用雕琢，不用修飾，天然的美，才是真正的美。優美中涵泳自然的成分，就是中國文學的特質。

下面我們談一點具體方面的例證，以聲音及顏色來說明中國文學的特質。文學的美，由聲音與顏色所組合，所謂有聲有色。有人說王維的詩，是詩中有畫；其實也不僅是王維，凡是好詩，其中必有畫，凡是好畫，其中也必有詩，故畫稱為無聲詩，所以詩都有聲有色。聲音我們可以聽得到，顏色呢，要讀者用自己的想像去體味，這說明了一切的美，皆由聲色而來。我們再從聲音與顏色的兩點，對中國文學的特質加以探討。

中國文字在聲音上面有兩個特點，第一，它是單音節的，每一個字只有一個音節，不像外文那樣，一個字有好幾個音節。第二，中國字有四聲，就是平上去入；現在使用國語，不用入聲，只有平上去三聲，但仍有陰平，所以說起來陰陽上去仍是四聲，而全世界也只有中國文字才具備這四聲，有了四聲，有了單音，就使中國的詩，在先天上特別佔到了便宜。我們現在以杜甫的詩，作為例證。

杜甫的詩具有兩個特點，一、他的詩在兩字相聯時，很少同用上聲或去聲，總是把上去聲配合在一起，例如他的五言詩：

獨酌成詩

燈花何太喜——太為去聲，喜為上聲
酒綠正相親——酒為上聲，綠為入聲
醉裡從為客——醉為去聲，裡為上聲
詩成覺有神——覺為入聲，有為上聲
兵戈猶在眼——在為去聲，眼為上聲

儒術豈謀身——術為入聲，豈為上聲
苦被微官縛——苦為上聲，被為去聲
低頭媿野人——媿為去聲，野為上聲

這首五律一共四十個字，杜甫把聯用仄聲的上去入，配合得十分恰當，不讓它重複，這就是中國文字運用上的特點，而西洋文字卻無法辦到。

雖然平上去入只是聲音的高低長短，但具有音樂性。外國的朋友常常說：「你們中國文字的音樂性真悅耳。」但我們自己並不覺得，他們聽起來，就感覺到了強烈豐富的音樂性，這就是因為中國文字具備了四聲。杜甫作詩的方法，就是利用中國文字的音樂性，來增加詩裡面音樂的美。我們讀他這首〈獨酌成詩〉自自然然的就把很調和、很鏗鏘悅耳的音節表現了出來。像這種例子，在杜甫的詩裡很多，很少能從兩個連接的仄聲字裡，有上上去去的同聲字；如果有這種情形怎麼辦呢？他就用雙聲或者疊韻來挽救，比如有兩字都是上聲或去聲，他就用兩個雙聲或疊韻字去配合，我們讀杜甫詩，以這個情形去了解，發現他真是把中國詩的音樂性發揮盡致，這樣寫詩的方法是不是杜甫發明的呢？不是。談到這事，我們不得不提到武則天，我們不論武則天政治上的得失，可是在文學上，她有她的一套見解，她在當時考詩時，定了一個條件，只要律詩，有兩個仄聲聯在一起時，上去入必須分開。杜甫從小受過這個訓練，因為他的祖父正是那個時代的詩人；因為他的天才、學問、記憶力特別好，想像特別豐富，於是把一切優點應用在詩裡，就能把那種死板的規矩運用自如，發揮盡致。

其次，杜甫在做七言律詩時，凡是不押韻的仄聲字，他也不把它與上句重複。如他的〈秋興〉八首中的第一首：

玉露凋傷楓樹林
巫山巫峽氣蕭森
江間波浪兼天湧——湧字為上聲
塞上風雲接地陰
叢菊兩開他日淚——淚字為去聲
孤舟一繫故園心
寒衣處處催刀尺——尺字為入聲
白帝城高急暮砧

我們可以看出上面的七律，湧、淚、尺三字雖為仄聲，但上、去、入聲調不同，所以讀來音調非常鏗鏘，他一共有一百四十多首七言律詩，只有八首沒有守這規矩，這八首裡的一首有不同的本子，實際上只七首，整個的比例是二十分之一，這已經是很少的例外了。這樣的詩讀起來，不但平聲部分在押韻，就是不押韻用仄聲的地方，也覺高低起伏，構成音樂的條件。一般讀杜詩的人，很容易把這兩點忽略，只有專門研究杜詩的人，才把這兩個特別之處介紹了出來。我們以杜甫的詩為例，說明了中國詩非常富於音樂性，我們要做中國詩，就應該利用這音樂性；其實不止是詩，散文及一般文字也是如此，有的文章唸起來很順口，有的卻很不順口，主要的癥結，在乎四聲有沒有妥善運用。所以一位詩人不作散文則已，如果他要作散文，一定比不會作詩的人要優美。

上面所講的是中國文字平仄方面的音樂性。平仄之外，也就是說個別的字以外，還有句式。讀中國的詩和詞曲，這一點必須了解。句式有單式句和雙式句的分別。什麼叫做單式句？單數字的句子，如三個字、五個字、七個字、或三言、五言、七言，這就是單式句；如果一句是兩個字、四個字、六個字，這就是雙式，八個字多半分成兩句，一般的都是從二到七，一個字不成句，八個字以上就要分成兩半。凡是雙式的句子，唸起來拍子比較平穩，緩慢，所謂四平八穩；凡是單式的句子，唸起來拍子比較跳動，比較快。因此，我們唸《詩經》，拍子不知不覺的就會緩慢，並不是因為它是經書，那是因為它是四言的句式關係；如唸唐詩就比較快一點，唸宋詞就更快了，因為它們的單式句多了起來。尤其在詞曲裡面，單雙式的分別十分嚴格，常有人照著譜子填詞，但做出來的卻不像那個調子。明明那譜子上是七個字，我也是七個字，那譜子上是六個字，我也是六個字，為什麼不像呢？那就是因為沒有把句式的單雙搞清楚。我們舉一個例子：

玉露凋傷　楓樹林

千古事　雲飛烟滅

第一句是杜甫〈秋興〉八首首句，是七個字，第二句也是七個字，每一句都不能分成兩句，不過一句是上四下三，一句是上三下四。我們唸這兩句詩詞，就會覺得前面一句拍子跳動而快，後面這一句，尤其到「雲飛烟滅」四字時，拍子就緩和。第一句是杜甫的詩，第二句是辛稼軒〈賀新郎〉詞；如果你也做這麼一句七個字的詞，若做了上四下三的句子，那麼整個曲子的調腔、音樂性就全部消失，這就是中國文學特有的句式。這種句式從何而來？因為中國文字是單音節的，我們一個音節代表一個字，一個意思；西洋也講音節，但他們一個字可能有好幾個Syllable，勢必一個字分成好幾段，才能把音節唸出來。中國字就不那樣，一個字就是一段，聲音與情調和意思，完全混和一致，這是中國文字最優美、最好的地方；不懂中國文字則已，懂中國文字的人就會覺得在詩歌的發揮上，可說是世界第一。我們知道單式與雙式不是數學，而是文學，數學上七就是七，但高級數學七與七並不一樣，四加三和三加四並不一樣；比如朝三暮四和暮四朝三，看來類似，其實有異。再如：

過　春風十里
盡　薺麥青青

這兩句雖然是五個字，卻不算五言，是四言，因為它是上一下四，跟五言律詩、五言絕句、五言古風不一樣。如孟浩然的〈春曉〉：

春眠不覺曉，處處聞啼鳥。
夜來風雨聲，花落知多少？

或如杜甫的〈八陣圖〉：

功蓋三分國，名成八陣圖。
江流石不轉，遺恨失吞吳。

都是上二下三，凡是五言詩，都是如此；但詞裡面的五言，可以上一下四，句子單雙形式的分別，不在全句字數多少，而在句子分段以後，看它下半段的字數多少。所以我們在唸詩、唸詞，或者做詩、做詞時，一定要注意句法的單雙，把這配合好，要唸可唸好，要做可做好。

以上所說為中國文字在聲音上兩大特點，一為四聲，一為單音節，這兩點融會貫通之後，可運用無窮，發揮出它優美的音樂性。此外，現在常常有人想到，或曾討論過做詩是否要押韻，有人認為詩當然要押韻，不押韻怎能成詩呢！另一派以為押韻傷害自然，限制感情，束縛意義，不能自由發展。就我個人意見，認為詩及一切文章聲音的美，可分兩部分，一是律，一是韻，律是在求句子裡面平仄聲的配合，也就是長短聲的配合，韻是每句末後一字的押韻，這是音節的兩大部分。律比韻重要，比如唸古人的詩，因為古今字音的變遷，我們覺得並不押韻，但仍不失其音樂之美，因為句子末後押韻的字，雖不太合現在的口音，句子裡面字的平仄還跟現在差不多是一樣的，讀起來由於裡面平仄的配合，所以韻變成屬於次要的地位。那麼是不是可以不要韻呢？不然，要看做什麼樣的詩，如古風、白話詩，只要平仄，長短音配合好，唸起來能上口，偶然沒有韻也不要緊；至於做律詩、絕句，或者新體的律詩，整整齊齊的體裁，句子裡平仄配合得愈好，愈細緻，愈需要押韻。好像樹跟竹子，樹沒有節，而竹子卻是一節一節的；為什麼樹不要節呢？樹皮粗，樹幹壯，它自己站得住，不需要什麼節去維持它，竹子細，竹面光滑，沒有節站不住。所以韻者，只是律的一部分，愈是講究人工的律的，平平仄仄配合好的，非押韻不可；凡不必十分講究人工的律的，具有天然的音節，如順口而出的古風、古詩，韻差一點也不要緊；這只是我個人的意見，貢獻給各位做參考。

我們現在再討論中國文字顏色的問題。

過去的文學理論、原則，儘量不用顏色的字，因為中國的國民性比較收斂、樸素；把發揚、燦爛、熱鬧藏在裡邊，所以從前文字作品裡面，一般都避免用有顏色的字；即社會風俗也是如此。樸素、簡單，認為很好，花花綠綠的就認為是俗氣、討厭。這個觀念可說對，也可說不對，實在說，顏色是文學美的一個條件，如說詩中有畫，古人說的是水墨畫，即使用顏色，也是比較清淡，不太講究色彩和穠麗；這是中國的國民性使然，所以在中國詩裡很少看到以顏色為重點的美的描寫。有，也是宋朝以後，在唐詩裡還不太多。我們以歐陽修的詩作為例證，歐陽修的文章比較講究美，如〈秋聲賦〉、〈醉翁亭記〉等都很美，比韓愈的文章更能發揮中國文學的優美性與音樂性。他的詩，在宋也是一大家，下面這首詩：

再至汝陰

黃栗留鳴桑椹美，
紫櫻桃熟麥風涼。
朱輪昔愧無遺愛，
白髮重來似故鄉。

我們可以明顯的看到四句詩的第一個字，都代表了一種顏色。再看第一句就有兩種顏色，黃栗留是黃鶯，黃色為明色；桑椹有乳白及紫兩類顏色，作者並沒有指出是乳白或是紫色，教讀者憑自己的想像去揣摩，為暗示的顏色。第二句也跟上句一樣有兩種顏色，紫櫻桃是明色；「四月南風大麥黃」，麥的黃色是暗示的。第三句的朱輪，為當時太守坐的車子輪子的顏色，歐陽修在汝陰當太守，所以他車上輪子顏色是紅的。白髮是指他自己的頭髮顏色。前面兩句的黃與紫，是天然的顏色，後面兩句的朱與白，是人事的顏色；朱輪並非輪子色，這色彩是由人事關係而來。我們不能就顏色論顏色，還得注意顏色的背景，黃鶯、櫻桃和桑椹、大麥所暗示的顏色，是自然的背景，朱與白以人事為背景，不但有色，而且有情，因此，看起來就不覺其俗氣。本來這些冠頂格形式的詩是屬於打油詩、遊戲文字之作品，而這首〈再至汝陰〉卻很優美深刻，那完全是因為顏色把詩境的情調烘托了出來；我們可以從詩裡感受到一位六十一歲的白髮老太守，舊地重遊，那種景物依舊，人事全非的感慨。

《文心雕龍》裡說：「文雖雜而有質，色雖糅而有本」。這兩句話可說是文字中美的基本條件。文是花紋的意思，那就是說紋雖然很雜亂卻有一個固定的質地，顏色雖然很雜亂卻有一個根本，如紋雜無質，不能顯出其美，色雜無本，但見其俗。那麼什麼是質，什麼是本呢？〈再至汝陰〉中的老太守舊地重遊，感慨萬千的情調，就是這首詩中的質與本。質、本越淳厚、純粹，顏色再顯明、再混雜都沒有關係；比如油畫，五顏六彩，文雜而色糅，如果將它畫在紙上，絕對不行，因為紙的質不是畫油畫的質，本也不是畫油畫的本，非畫在畫布上不可。情調不夠豐富與成熟，感想不夠深刻，只在表面堆上五顏六色，就像油畫的顏色堆在紙上一樣，這是不行的。

中國文字只注意質與本，忽略了把相當的顏色塗在質上，畫在本上，使它光華燦爛起來。「言之無文，行而不遠」，其實言之不美，行之也不遠；我們以前的美，只注重樸實、單純的美，而對洋洋乎之音及璀璨五色的聲色之美，都不太注意，甚至有人加以反對。如何發揮文字中的聲色之美，是我們文學應走的路線。

這是我個人對中國文字美的見解，很難說是否確定；因為文學的美，無絕對標準。比如真就是真，善就是善，美的標準就很難說，究竟是樸素的好？還是五顏六彩的好？見仁見智，各有不同；不過我個人認為要想求文學的美，必須從聲音與顏色著手。

中國文字在聲音上有它的特點，在顏色上也有它的特點，尤其在顏色方面可以配合。我們的字是一個字一個意思，但兩個字配在一起，就變成另外別的意思了，這是中國文字最大的妙用。據說法文字典有十二萬字，英文字典字數較少，但也有十萬、八萬的，我們最完備的康熙字典，卻只有四萬多字，裡面還包括了許多永遠不用的死字。別以為中國字少，雖然少，只是個別的字少，如果一個一個配合起來，那就用之無窮，要造幾十萬、幾百萬都不會有什麼困難；只要有需要，這個字跟那個字一配，就變成新詞了。如果我們有新的需要、新的意境、新的意思要表達，拿兩個字來一配，就可達到目的，這是中國文字奇妙之處。顏色也可以配，比如蘇東坡詩裡就有一句：「梨花淡白柳深青」。白與青都是顏色，但深淺層次不一樣，經過「淡」與「深」配合，顏色的層次就顯得非常明晰；這種樣子的配合運用，中國文字最為方便。西洋文字意思雖然也能配合，但形式太長，沒有中國的簡單與美觀，運用也沒有中國文字方便靈活。

我們不要以為中國文字不方便，細看起來，只要訣竅摸清楚了，配字配得好，文法用得活潑，中國文字就是世界上最好的文字。一個字一個音、一個形、一個意思，表面上看似乎死板而不活潑，但是如果會運用的話，就會覺得奇妙無窮，不但是中國文學的精義，也是中國文字的精義。文字是文學的基本，兩者自有其不可分離的關係。

最後，我以一首題外的近作七絕作為本題的結束：

少年躍馬古軍都，（軍都，山名。）
落日千山想霸圖。
行遍天涯今老矣，
登樓直欲倩人扶。

我之所以提出這首詩，是有感於年輕時不知鍛鍊身體，一到年事稍長就有力不從心之苦，深盼各位從事研究文學之餘，多多注重身體的鍛鍊。

莊子對中國文藝的影響

崔垂言

本文原為講演紀錄。兩年以前，國軍新文藝運動輔導委員會主辦新文藝講座，約我講「莊子對中國文藝的影響」，倉卒之間沒有準備講稿，臨時想到什麼便說什麼。承魯岱先生筆記，並且在一本雜志上發表出來。最近三民書局執事徵求我同意，要把它收入《談文學》書中，我才知道有這篇文章流傳。索來一閱，深感當時有很多地方彷彿沒有講明白。爰於此次排印期間，就原來講的範圍和內容，修訂損益，以蘄所表達的概念更為清晰。

民國六十二年六月四日

關於《莊子》一書，從來有個共同認識，就是它傳於後世對中國哲學的影響，不若其對中國文藝的影響大。但是，共同認識儘管如此，如問中國文藝究竟受到了莊子什麼影響？迄今還沒有正確的答案。

解答這個問題，似應首先考慮：莊子講的本是哲學，哲學和文藝又有什麼關係？惟有把這個關係弄清楚，才能談到哲學如何影響文藝；也才能談到莊子如何影響中國文藝。捨此，我們今天的談論，便將茫無頭緒。

從根本上追究兩者的關係，我們知道，哲學思想和文藝創作有其共同的來源，那就是心靈。哲學思想是一種心靈活動，文藝創作也是一種心靈活動。前者對後者所能發生的影響，應當在心靈活動上去探索。

那麼，心靈活動又是怎麼回事呢？心靈活動也有其根本原因；這個根本原因，不外生命問題。若沒有生命問題，心靈活動便無由發生，宇宙間也就沒有什麼哲學思想和文藝創作了。

人有生命，且有心靈；基於生命的要求，心靈便活動起來，在心靈活動下，不論發攄何種哲學，或產生何種文藝，都和人生有關。縱或有些哲學專談純理論，也有些文藝標榜純藝術，在表面上雖未接觸到人生，而察其實際，這也不過是對人生問題的究極，或對人生態度的表示，並沒有脫離人生。

明乎此，我們就可以進一步的討論心靈怎樣隨著生命活動了。任人皆知，人的生命靠身體來顯現，人的心靈也因身體而發露。身體一與外物接觸，心靈便立刻有所反應。心靈的作用是知覺，凡觸及吉凶、禍福、好惡、是非諸問題，必發出喜怒、哀樂、趨避、取捨等命令，身體即隨之動作，以求生命的安全、順適或充沛。分析人的這種反應，概分三類：

一為本能的反應。所謂本能，亦即無思無慮的心靈活動。此活動與時空密接，動靜隨物來去。一切生物都有本能的反應；人類進化到今日程度，這種反應依舊不少。用個最簡單的事例來說明：方才我坐車子到這會堂來，閉著眼睛想所要向各位講的問題，車子突然在路口交通燈前停下，我便未加思考的用手向前扶去，這就是本能的反應。

二為情感的反應。心靈除本能外，還有情感。情感的反應，其特徵為不計利害——如「脩我戈矛，與子同仇」；不慮後果——如「拔劍而起，挺身而鬥」；甚至不察究竟——如快樂則一刻千金，愁苦則度日如年，絕不理會時間不因苦樂而有長短。這種反應彷彿和生命的要求相悖，實則是一種希冀生命充沛或順適的特殊表現。另外的例子，如人的情感每嬉春悲秋。這也不過是春的生意和秋的殺氣，牽涉到心靈深處的生死問題而已；雖然季節的春秋與人類的生死沒有直接關係。文藝創作，基本上，是這種反應的產物。

三為理智的反應。心靈之理智，乃人類所獨具，而為其他生物所沒有的。所謂理智，就是經由思考構成一個程式，用來了解境遇，並且據以分析因果，評估價值，俾便對所處環境設法適應或加以改造，以遂其生。人無所逃於天地，自然品類流遷，是福還是禍？需要思考。我生而與人為群，社會禮法施設，有利抑有弊？也需要思考。若此種種，如何認識它？又如何對待它？思考既久，知識乃生，逐漸積累發展而成為哲學與科學。

知識原本出自心靈，惟一旦構成，即予心靈以模式，使之在一定範圍，循一定觀點，並依一定標準來活動。心靈經此約束，其情感和本能的反應也會受到牽制，表現與前大不相同。或「歌而非歌，哭而非哭」，違反人的真情。或「殺身成仁，捨生取義」，鄙夷生的本能。我們對理智、情感、本能的這種關係了解以後，就不難想見哲學對文藝的影響了。它的影響端在用知識來塑造作家的心靈，從而規定其作品的取材、構思及表達方式於無形。現在讓我們基於這個認識，進入本題的討論。

* * *

一般哲學對文藝的影響，有如上述，而從莊子哲學的特點來看，卻倍譎不同。莊子認為一般哲學用來塑造心靈的知識，只是一種「成心」。人的經驗不同，知識乃異，因而判斷相悖，決定亦乖。真理為一，成心萬殊，足證成心絕非真理。人各有成心，「夫隨其成心而師之，誰獨且無師乎？」所以他要把歷來堆積在心靈上的一切知識，尤其是困擾心靈最甚的因果、價值等觀念，全部清除，以「解其桎梏」。使心靈復原，活潑潑的體察真理之所在，以全其生，以盡其年。由此可見，他對人的心靈，異於其他各家之所為，可以說是不塑之塑，不造之造。為了說明這個道理，特就莊子哲學中，摘其與本講有關的大義，概述如下：

莊子哲學的出發點，即開宗明義第一篇的〈逍遙遊〉。〈逍遙遊〉的「遊」字，指人生旅程言。人在宇宙間，不過一遊而已。此遊如何始得逍遙？這就是莊子所要解答的基本問題。

宇宙，依莊子看來，本為一體。說是宇，或說是宙，僅為方便話頭。究其實：宇、即空間，有其實、即此一體的存在；宙、即時間，有其長、即此一體之綿延。存在與綿延不可分，所以說：「有實而無乎處，有長而無本剽（同標）。」「有實而無乎處者，宇也。有長而無本剽者，宙也。」這是莊子給宇宙下的定義，顯與一般所謂「上下四方曰宇，古往今來曰宙」把空間、時間截然劃分之說不同。存在綿延而化生萬物。其所以然，出諸自然。其所以化，出諸

「自化」。莊子說過：「物之生也，若驟若馳。無動而不變，無時而不移。何為乎？何不為乎？夫固將自化。」自然謂之「道」，自化就是「遊」。萬物一受成形，在特定階段的生滅過程，算做一遊。無物不化，亦即無物不遊。遊既屬自然，而緣自化，則人與物應無二致。物無逍遙與否問題，惟人有之。古詩說：「人生不滿百，常懷千載憂。」這種悲傷痛苦，究從何處來，為什麼與物異趣？莊子指出：「聖人有所遊，而知為孽。」關鍵就在這個「知」字上。

知為心靈活動。人若和物一樣沒有心靈，離則離，合則合，生則生，死則死，順其自然，任其自化，一定也沒有逍遙與否問題。但是有了心靈，情形便不同了。心靈之知，超越時空，此為人所獨具的「心遊」。身體移動，不離時空，此乃萬有畢同的「物遊」。人具備物遊與心遊兩者，正所謂「身在江海之上，心居乎魏闕之下。」更由於思接千載，視通萬里，於所存在的時空以外，另有時空可資比擬，便首先發現了有個「己」，繼之認出己與境的關係，終於滋生出來榮辱、禍福、生死、壽夭諸觀念。同時又以己為本位，與物質環境與社會環境相交，從事「功」和「名」的追求。於是物遊將自化，而心遊欲其不化；物遊本自然，而心遊強其不然——一身之中兩力牴牾，心不勝物，困苦煩惱遂層出不窮。遊之所以不得逍遙者，在此。

莊子為排除不逍遙的根由，進一步對知的構成加以研究。他認為：「知者，接也。」就是說：能知之心與所接之物相會，便產生知識。他又認為：「知者，謨也。」也就是說：用接觸得來的知識，經由思辨、組織，推究時間或空間還沒有接觸的事物。人生之不逍遙，就發生於此；因為「接」是不可假以「謨」的，其主要理由為：

第一、宇宙是無窮的，接觸是有限的，「計人之所知，不若其所不知。其生之時，不若未生之時。以其至小，窮其至大之域，是故迷亂而不能自得也。」如果濫用思考，漫把無限時空有限接觸所遺留的片斷經驗東拼西湊，組成超經驗的，所謂完整知識，憑以衡量一切，何啻井鼃語於海，夏蟲語於冰？應知「以有涯隨無涯，殆已！已而為知者，殆而已矣！」

第二、宇宙變化不居，而人的經驗一經記憶，尤其是構成知識，便靜止下來，與流遷的境遇脫節。猶如在物體運動過程中所拍的照片一樣，剛一拍好，情況就已成過去。由此可見知識的內容，不是現在，不是未來，而是往事。《周易．繫辭》說：「知以藏往」，就是這個道理。並且「知有所待而後當，其所待特未定也。」若以靜止的解釋變化的，以過去的推測未來的，其正確性如何，更可不言而喻。

第三、有限接觸所獲知識，「咸由自取」，也不能概括所接觸的全貌。「自取」，即自己選擇，所謂「隨其成心而師之」者是。所取不同，是非乃生，「彼亦一是非，此亦一是非」，各是其所是而非其所非。為求其所「是」能夠「周、徧、咸」，便不惜勞精耗神，「離堅白，若縣寓」，而抽象化之，俾便移用此經驗，解釋彼事實。此乃所謂「未成乎心而有是非」，亦即未接而謨，情形何等嚴重！如果再把這些抽象觀念口傳或筆述，以雕鏤後人心靈，情形就更嚴重了。

根據以上認識，莊子闡明：要得「真知」，必須「以明」與「因是」。以明，是講心靈活動不要以思考為主，而要以反映為主。人從一懂事起，就不斷的在心靈上堆積知識碎片——抽象觀念，作為寶藏，隨時用以解釋一切。例如有人說：「紅花綠葉」，這不過表明他心中藏有「紅」、「綠」、「花」、「葉」等知識碎片，遇到所接觸的實體，就拿出來拼湊。這樣適足阻障心靈，使之不去了解紅、綠、花、葉等抽象觀念外，所接還有別的東西。倘本此以論是非，確實大有問題。所以莊子說：「欲是其所非，而非其所是，莫若以明。」「以明」，就是不加分析，直接反映。

至於「因是」，其道理乃在：過去的陳蹟不足據，未來的新境不可測，惟有此時此地為真、為正。人所以思考過去，就是要求得因果律；所以推斷未來，也就是要運用因果律。殊不知「樂出虛，蒸成菌，日夜相代乎前，莫知其所萌。」未來的因果，必不同於過去的因果關係。塞翁失馬得馬，是禍是福，惟有禍福來臨的時候才能確知。本應「不逆寡（寡古借為顧），不雄成，不謨事。」（猶今言：不回顧過去，不留戀現在，不思慮將來。）仿效「聖人不由，而照之於天，亦因是也。」「照之於天」即「以明」。用無礙心，循當前事，把超越的心遊拉回時空來，使之與物遊一致。能如是，則人生不逍遙問題便解決了。

為求做到以明因是，莊子又提出「心齋」來。什麼是心齋？他說：「無聽之以耳，而聽之以心；無聽之以心，而聽之以氣。耳止於聽，心止於符，氣也者，虛以待物也。惟道集虛，虛者，心齋也。」這段話的意思是：耳朵聽到的，不如心中記得的；心中記得的，不如本能反應的。因為耳朵所聽到的，止於別人的經歷；心中記得的，止於往事的印象；惟有本能空虛，物來而順應，原來如何，就付之如何。道本為萬物自然之故及其自化之跡，在空虛中沒有東西障礙它，才能顯現出來。心的齋戒，就是求其空虛，把耳朵聽到的，心中記得的，完全去掉。

心齋而後，便能「坐忘」。莊子說：「隳肢體，黜聰明，離形去知，同於大通（大為化之譌，淮南子道應訓引是其證），此謂坐忘。」坐忘即「忘己」，亦即「喪我」。所謂「我」，也只是觀念中的一堆知識碎片——如身世、姓名、高矮、美醜、資歷、地位、貧富、窮達等集合而成的，實非真我。去掉心中這些知識碎片，自然喪失了「我」的觀念。喪失了「我」的觀念，便進入「朝徹」境界。「朝徹」，是每個人都會有過的精神狀態，但它總是一瞬即逝，常為人所不注意。例如在一種偶然的情況下，為大自然景物所吸引，一切思慮停止，一切知識消失，若宿霧之散，若旭日之昇，心地頓感一片清明，此之謂「朝徹」。朝徹開始「外天下」——放下「名」的追求，繼之「外物」——放下「功」的企圖，最後「外生」——放下「己」的存在，當能「見獨」，而與天地萬物為一，所以說：「忘己之人，是之謂入於天」，從此恢復了真正的我。禪宗名之為「本來面目」，莊子又稱之為「真人」。「有真人，而後有真知」，換句話說，求真知，必先恢復真人。真知就是以明因是的知。這種知的取得，由於「用心若鏡，不將不迎，應而不藏，故能勝物而不傷。」用心像鏡子一樣，來什麼照什麼，既不排拒，也不跂求，過後更不留任何痕跡，摒棄彼此前後的比較，外物的印象豈能滯於心中為害？這樣便無往而不逍遙了。支遁說：「夫逍遙者，明至人之心也。」所見甚是。

但是，人畢竟是人。人畢竟有心。心畢竟有知、有情、有思。這一切，都是自然的。如果否定這些，以求符合自然，名為自然，實非自然。莊子笑彭蒙、田駢、慎到，說他們「不知道」，就因為他們主張「塊不失道」，「至於若無知之物而已。」他也不贊成老子「塞其兌」以求「玄同」的非人構想，為求「未始入於非人」，堅持「通而不失於兌」，要在心遊、物遊合一，與化相通以後，留一個出口，好讓真知、真情、真思自然流露、自然奔放。

真情、真思和前文所說的真知一樣，都是心靈解除經驗和知識的桎梏後，呈現出來的。「喜、怒、哀、樂、慮、歎——變慹（同蟄），姚、佚——啟態」，其因素至為複雜，常有經驗和知識作用其間，以挑動蟄伏觀念，而表現之於形態。這是常人之情，而非真人之情。莊子主張：「有人之形，無人之情。有人之形，故群於人；無人之情，故是非不得於身。」這「無人之情」，即指無常人之情言。惠子不明白其中的道理，乃問莊子：「人而無情，何以謂之人？」莊子說：「道與之貌，天與之形，惡得不謂人？」惠子又問：「既謂之人，惡得無情？」莊子說：「是非吾所謂情也。吾所謂無情者，言人之不以好惡內傷其身，常因自然而不益生也。」內傷其身的「好惡」，涵有經驗和知識成分，是反自然的，不得謂之真情。由此可知情有真偽——真成於天，偽屬於人。真偽之辨，如：「決性命之情，而饕貴富」是偽，「無為也，而後安其性命之情」是真；「小人殉財，君子殉名，其所以變其情，易其性」是偽，「致命盡情，天地樂而萬事銷亡」是真；「不蘄言而言者，不蘄哭而哭者，遯天倍情，忘其所受」是偽，「適來、夫子時也，適去、夫子順也，安時處順，哀樂不能入也」是真。情，何者真，何者偽，本很清楚，行了起來當然也是真易偽難；惟所可慮者，乃世人習於走難和偽的路。莊子嘗說：「今人之治其形，理其心，多遁其天，離其性，滅其情，亡其神，以眾為（指人為言，本亦作偽）。」又說：「今人之情，目欲視色，耳欲聽聲，口欲察味，志氣欲盈。人上壽百歲，中壽八十，下壽六十，除病瘦、死喪、憂慮，其開口而笑者，一月之中不過四、五日而已。天與地無窮，人死者有時。操有時之具，而託於無窮之間，忽然無異騏驥之馳過隙也。不能說其志意，養其壽命者，皆非通道也。」通道，才有真情。通道，不外「達於情而遂於命」。姑試言其方：其下然者，為「察同異之際，觀動靜之變，適受與之度，理好惡之情，和喜怒之節」。其上然者，為「形莫若緣，情莫若率，緣則不離，率則不勞」，「淒然似秋，煖然似春，喜怒通四時，與物為宜，而莫知其極」。真情通道，天人無對，聽其自然發露，自無礙於逍遙。不意人們不辨真偽，凡說到情，一律視為這是屬於人的，而全部加以堙塞。堙塞的結果，常使真情沉潛，而激起偽情的泛濫，決堤奔放，不可遏止。「庸詎知吾所謂人之非天乎？」「任其性命之情而已矣！」

關於「思」的問題，莊子依其知識論，認為以現象為依據來思考，才能得其真。離開現象，「若有真宰，而特不得其眹」。既無所接，則不及知，縱使可思，也沒法證明。「知止乎其所不知，至矣！」於是劃定思的界限說：「六合之外，聖人存而不論。」六合之內，萬物遭變，「方生方死，方死方生」，其形雖滅，其實常存，正如「指窮於為薪，火傳也」。從此可以想見：「萬物皆種也，以不同形相禪，始卒若環，莫得其倫。」種以不同形態持續展示，就是宇宙的存在綿延。由此更可推知：「天地與我並存，萬物與我為一。」此即所謂「乘物遊心」，「遊於物之所不得遯而皆存」。真思本應至此為止，但一般人的傾向則反是，「知士無思慮之變則不樂」。他們為求思慮之變，乃憑藉心靈上所附綴的經驗渣滓和知識塵垢，強不知以為知。他們又慣於把一體的時空分作兩截，先排除時間變化，以空間觀念追求根本和常住。追本必究其「始」，殊不知「有始也者，有未始有始也者，有未始夫未始有始也者……」，試問「始」在何處？求常而認定「無」，也沒有想「有無也者，有未始有無也者，有未始夫未始有無也者……俄而有無矣，而未知有無之果孰有孰無也！」這正像「摶扶搖而上九萬里」的大鵬，往下一看，原隰、山川、城鎮、生靈——舉凡大地所載者，乃是一團「野馬也，塵埃也，生物之以息相吹也」，遂以此為知之極致。豈知這樣以有限測無窮，也像在地面看天空一樣。「天之蒼蒼，其正色耶？其遠而無所至極耶？其視下亦若是則已矣！」天之蒼蒼非正色，則地之野馬、塵埃、生物以息相吹，亦非真知。因此，莊子不同意老子：「夫物芸芸，各復歸其根。歸根曰靜，是謂復命。復命曰常，知常曰明」的思想，認為：「芴漠無形，變化無常。死與？生與？天地並與？神明往與？芒乎何之？忽乎何適？萬物畢羅，莫足以歸！」逞思慮之變的人們，於確定「本」和「常」後，再引進時間觀念，思索此本此常所以變化為萬有之「道」，俾便取法。按變化乃萬有之自然；既屬「自」然，則道即在萬有之中。故云：「道無所不在，在螻蟻，在稊稗，在瓦甓，在屎溺。」並且變化也是萬物之自化；既屬「自」化，便無法測知。所以說：「道行之而成」，「已而不知其然之謂道」。莊子為申明此義，特設「泰清問道」的寓言。「泰清」問「無為」：「子知道乎？」答：「吾知道。」再以同一問題問「無窮」，答：「吾不知。」又問「無始」兩者孰是，答：「不知、深矣。知之、淺矣。弗知、內矣。知之、外矣。」「泰清」乃歎息說：「弗知乃知乎？知乃不知乎？孰知不知之知？」老子主「無為」，求「道」以「法」之，還要「善行無轍跡」。莊子則謂：「絕跡易，無行道難。」這句話的意思是說，本身既是道，則無可法，也不必行。如於萬有之外別立一道，乃反自然。如目為自然，「庸詎知吾所謂天之非人乎？」最要緊的還是「不以心捐道，不以人助天。」在自然中本來就「天與人不相勝」。

禪宗《六祖壇經》載有一段故事——一僧舉禪師臥輪的偈子說：「臥輪有伎倆，能斷百思想，對境心不起，菩提日日長。」六祖說：「此偈未明心地，若依而行之，是加繫縛。」因作一偈：「惠能沒伎倆，不斷百思想，對境心數起，菩提作麼長？」這就是莊子所謂「天人不相勝」的最高境界。

說到這裡便可知道，莊子哲學對文藝作家所發生的作用，乃解除其心靈上經驗和知識的桎梏，使知覺、情感、思維自然發舒，不失其真。莊子的文章，不論達意、表情、構思、摛辭，都像天馬行空一般，似謬悠而非謬悠，近荒唐而不荒唐，曼衍參差知蔚為奇觀。他所以能達到這個地步，完全是心靈毫無束縛的原故。

＊　＊　＊

莊子的身世，其詳已無可考。司馬遷說：「與梁惠王、齊宣王同時」，證之《莊子》書所載事績，大致不錯。莊子宋人，所以他的學說開始流傳於南方。書中屢稱南方，如「楚之南有冥靈者」、「子貢南遊於楚」、「南行者至於郢」、「南之沛見老聃」、「南方有鳥其名鵷鶵」、「南方之墨者苦獲、已齒、鄧陵子之屬」、「南方有倚人焉曰黃繚」。而說到楚國之處更多，除上所舉外，如「孔子適楚」、「楚有神龜」、「則陽游於楚」、「楚之存不足以存存」、「楚王使大夫二人先往」、「楚王與凡君坐」、「楚王之為人」、「楚國之法」、「楚人寄而蹢閽者」。他如楚人、楚地、楚物、楚語，更不勝枚舉。因此，先秦諸子頭一個提到莊子的，是老死楚國蘭陵的荀子；中國文藝首先接受莊子思想的，也是屈原、宋玉等的《楚辭》。

漢發祥沛上，入主中原，好楚聲，《楚辭》以及《莊子》因而傳到北方。淮南王劉安作了《離騷傳》，又作《莊子要略》。迨《楚辭》衍為漢賦，已經可以看到其中有很不少襲取莊子的地方；但是受莊子影響較深的，還是來自南方或到過南方的作家。

建安以降，辭賦逐漸式微，五言已成主流，所受老莊的薰陶，也與時俱增。永嘉之亂，晉室播遷，又到了南方，所以在學術文藝方面玄風獨扇。劉勰說：「詩必柱下之旨歸，賦乃漆園之義疏。」此後，莊子更淩駕老子之上，學者作家由法自然，而本自然，而冥合於自然。劉勰又說：「宋初文詠，體有因革，莊老告退，山水方滋。」究其實，莊老不過是在詞句上告退，而在心靈上卻厚植了根基——這正是作家涵泳莊子思想，進入化境的現象。

到了隋朝，就政治言，北方統一了南方，而就學術言，南方卻統一了北方；江左篇什遂再由南而北，流傳全國。唐宋以還，詩文起衰創新，代有不同，而其作家對境接物，則常流露類似莊子的情采神思於無形，此蓋誦習前朝詩賦之所致，未必都是直接來自莊子。至此，可以說，莊子已經影響到了中國文藝的最深處。

縱的觀察之後，讓我們再作橫的觀察。橫的觀察，相當困難。很多作品，如非作者心靈受了莊子影響，便不會有那樣的情況；但是其影響究竟何在？卻無跡可尋。至於那一有跡可尋的，反而表現出來作者精神和莊子思想尚未完全合一，當然不能算作上乘。沒有辦法，只好勉強的就：詞與理、文與思、情與物、心與境諸方面，略加說明。

屈原〈遠遊〉：「貴真人之休德」、「奇傳說之託星辰」、「道可受兮不可傳」，出《莊子・大宗師》篇。宋玉對楚王問：「鳥有鳳而魚有鯤。鳳皇上擊九千里，絕雲霓，負蒼天，翱翔乎杳冥之上。夫蕃籬之鷃，豈能與之料天地之高哉？」出《莊子・逍遙遊》篇。賈誼〈鵩賦〉：「天地為鑪兮，造化為工」，出《莊子・大宗師》篇。嵇康〈琴賦〉：「齊萬物兮超自得」，孫綽〈遊天台山賦〉：「渾萬象以冥觀，兀同體於自然」，均本諸《莊子・齊物論》。此外，正始以後作品採《莊子》說的，更俯拾即是。唐韓愈〈送孟東野序〉，演莊子諷惠施「子以堅白鳴」一語，便從咎繇到孟郊，作了種種鳴。宋蘇軾〈超然亭記〉，襲莊子哀駘它對子產之言，闡明「遊物之內」、「遊物之外」。但是，這種襲取《莊子》詞與理的辦法，不過獵取其皮毛而已。

《莊子．逍遙遊》云：「乘雲氣，御飛龍，而遊四海之外」，《離騷》師其意乃令豐隆，使蜚廉，發蒼梧，至縣圃，就重華陳詞，求宓妃所在。天上地下，古往今來，混而為一談，神思如此無礙，詞氣始能磅礴。《莊子》書中也曾記載：孔子遇柳下惠，莊子見魯哀公等事，兩者均相去百年以外。這並非不經，而是思考打破時空知識之局限。漢以後，受到這種影響的作家就少見了。《西京雜記》雖載有相關的兩段話：一、有人問司馬相如，何以他的賦會那麼好？他說一經一緯，一宮一商，只是文章的表面。最要緊的，還是賦家的心，要包羅宇宙，總覽人物。二、揚雄說司馬相如的〈長門賦〉，不似人間來，大概是神化所致。但是，我們看所有的漢賦，包括司馬相如的賦在內，在鋪采摛文方面，可以說非常好了，但其內容大抵思與文不相稱。其受到莊子影響的，也只是子虛、烏有一類的寓言而已。至於唐代，如韓愈的〈和虞部盧四酬翰林錢七赤藤杖歌〉，柳宗元的〈三戒〉文等，更是等而下之。

情感物而動，惟不繫於物者乃是真情。就現象的空間觀之，「因其大者而大之，萬物莫不大」，李白詩「白髮三千丈，離愁似個長」之類是。就現象的時間觀之，「因其所有而有之，萬物莫不有」，王維詩「但去莫復問，白雲無盡時」之類是。而在情的方面最要不得的，是「其形化，其心與之然」，以致「遯天忘情」，這就失真入偽了，中國文藝常設法避免這一點。姑且舉個民間故事為例：摹仿莊周夢為蝴蝶的寓言，來描述《梁山伯與祝英臺》的悲慘結局，可謂達情通化。祝英臺撞碑，一頭撞開了墳墓，梁山伯出迎，雙雙化為蝴蝶，栩栩然飛，這總比腦漿迸裂，橫屍蔓草好得多？中國小說和戲曲，越是悲劇，越好以大團圓收場，是有道理的。其意義就在安時處順，不讓哀樂縈於心中。

「人莫鑑於流水，而鑑於止水」，所以心靈必須虛靜，方能對境照之於天。心靈虛靜之至，即入朝徹境界。陶淵明詩「結廬在人境，而無車馬喧。問君何能爾？心遠地自偏。採菊東籬下，悠然見南山。山氣日夕佳，飛鳥相與還。此中有真意，欲辯已無言。」莊子所說的真人真知，已貫徹了全篇。其中「悠然見南山」句，最為人所欣賞的原因，就在它是朝徹的反應。朝徹並非無我，雖已忘我與自然冥合，而我自在其中。元嘉以來，山水滋盛，此後不論詩、文、詞、曲，凡涉及山水的，無不走心靈虛靜，對境而照的路。馬致遠的〈天淨沙〉小令：「枯藤、老樹、昏鴉、小橋、流水、人家、古道、西風、瘦馬，夕陽西下，斷腸人在天涯。」真是亦天亦人的一幅圖畫。

說到圖畫，任人皆知中國的山水畫和詩有密切關係，所謂「詩中有畫，畫中有詩」。中國山水畫風，亦與詩在莊子影響下，投入自然吟詠山水，同時發生變化，它也擺脫了以往的寫實，注重意境和氣韻。唐代張彥遠在其所著《歷代名畫記》中說：「魏晉以降，名跡在人間者，皆見之矣。其畫山水，若細飾犀櫛。或水不泛，或人大於山，率皆附以樹石，映帶其地。列植之狀，則若伸臂佈指。詳古人之意，專在顯其所長，而不守於俗變也。」其所以不拘遠近、大小，不論高低、明暗，完全出自胸臆，任意為之，形成獨特風格，蔚為國畫正宗，大概也是直接或間接的受了莊子影響，使人思、情、心飛況動止，掙脫客觀事物及有關知識的羈絆，渾然自成氣象。

《莊子》書中也講過作畫。他說：「宋元君將畫圖，眾史皆至，受揖而立，舐筆和墨，在外者半。有一史，後至者，儃儃然不趨，受揖不立，因之舍。公使人視之，則解衣般礴臝。君曰：可矣！是真畫者也。」此喻乃說：身心必須寸絲不掛，才能畫得淋漓盡致。

言及此，使我又聯想到中國的書法來。其中若干部分，說不定也和莊子思想有關。張旭的狂草，就是藉酒助其氣勢。於酣醉朦朧之際，把所見日月星辰、風雨水火、山岩谿谷、川流沼澤、草木花實、鳥獸蟲魚——一寓之於書。杜甫〈飲中八仙歌〉形容他說：「張旭三杯草聖傳，脫帽露頂王公前，揮毫落紙如雲煙。」懷素作書，也同樣的恣縱辟肆。在他的〈自敘帖〉裡引李御史丹的話說：「昔張旭之作也，時人謂之張顛。今懷素之為也，余實謂之狂僧。以狂繼顛，誰曰不可？」

本講至此結束。此外，莊子對中國文藝還有些什麼影響？在座諸君都是文藝作家，於了解莊子哲學大義後，不妨據以想一想看。

中國詩詞之演進及其戰鬥性

潘琦君

因為這個題目所涉範圍太廣，我們只能擇其重點，跟大家共同討論、研究。提到詩，不期然的就會想起歌。詩與歌，兩者有很密切關係，是不可分割的。根據古籍，《尚書》開宗明義的說：「詩言志，歌詠言」，〈毛詩序〉上也說：「在心為志，發言為詩」，言之不足，而後詠歌之，手之舞之，足之蹈之。漢儒把這些話作為「溫柔敦厚詩教也」的張本，認為詩是言志的，教育意味非常重。這也容易引起後人誤會，以為先有文字音樂，然後才有歌；事實上，我們知道凡是一個人都有感情，表達感情最好的方法是唱歌。歌不僅在文字之前有，也應該在語言之前就有，嬰孩牙牙學語，自己就可以編一套歌隨口唱，就可證明這是表現感情最率真的方式。

我們古代的歌很多，凡是人類就有生活、有活動，為了表現他的喜怒哀樂，就會唱出歌來，《呂氏春秋》記載，黃帝時代的先民，所謂葛天氏之樂，三個人拉著牛的尾巴，投足而歌，八闋。姑不論其真偽，至少可反映先民的生活是怎樣的一種情景；好像北美洲的印第安人，他們也有所謂舞牛歌。同樣的，臺灣的原住民，他們的歌唱，格外的沉雄、美妙，表達的感情也格外率真。所以說，歌是最早的，再配上舞，歌舞是不可分的。

真正見諸於文字而最簡單的一首歌，是「彈歌」，它只有八個字：

斷竹、續竹；飛土，逐宍（古肉字）。

我們無法了解二三千年前的歌怎樣唱，語言如何發音，但相信在那時一定非常口語化；就以現在的國語來唸，聽起來仍是押韻的。這首歌據《吳越春秋》

所記載的意義，是越王句踐要去打吳國，范蠡推薦一位名叫陳音的射手，越王問他：「射亦有道乎？」陳音就回答說，弩起於弓，弓起於彈，彈是作什麼用的呢？彈是孝子於父母死後，生怕屍體在曠野中被鳥獸吃掉，就負弓護衛，使得全屍。我們可從這首歌裡看出幾千年的古文化中的孝道，意義十分深長。它的字面解釋，是說明做弓的過程，劈斷竹子，再用繩子連起來，射出去之後，泥土飛濺，驅走獸類（宍為古肉字，野獸之意）。弔的古字是「弔」，像一個人手裡拿著弓，即守衛死者的屍體之意。「彈歌」可能是最早的歌，據《文心雕龍》說，這首歌出於黃帝時代；其實三皇五帝之史，多是傳聞，不能一定相信，堯時有〈擊壤歌〉，尚書大傳所載〈卿雲歌〉等，我們不作詳論。

真正最早最完整的詩，是《詩經》。它在當初，僅稱為《詩》，到戰國末年，才被尊稱為經，漢朝更以之作經典。它是古詩的總集，現存三〇五篇，據說為孔子所刪訂。事實上，孔子不見得將它刪訂，不過是做一番整理的工作；我們以為《詩》既為反映民間生活，社會情形，政治的清明與否，內容非常豐富和複雜，絕不是出於一人之手，也不是出於一個時代，一定是很多人的集體創作。能夠遺留下來的，當為最合口語，最容易歌唱，音調最好，感情最深刻的作品。孔子用之作為文學教材而教導他的弟子，所謂「溫柔敦厚，《詩》教也」。另外又以《尚書》作為社會科學及歷史的教材。所以孔子說：「《詩》，可以興，可以觀，可以群，可以怨。邇之事父，遠之事君，多識於草木鳥獸之名。」甚至可作科學的書籍來看，可見它運用之廣。

《詩經》內容分風、雅、頌，它的技巧是賦、比、興。據漢儒認為周代有采詩之官，把各地的詩收集起來，經過整理之後，才成為後來我們所看到的《詩》。我想究竟有沒有采詩官，是一個問題；因為《春秋》記載魯國的大事，假使有采詩之官，也一定會到魯國，但《春秋》及《左傳》並未提及此事，可見其創作為多人的結晶，不是一人之力。

《詩經》中的頌，是廟堂文學，朝廷中歌功頌德，設立教化，有了政權政體之後才出現頌。此外，雅是士大夫的文學，這裡面也有很有價值的，因為人都有感情，歌功頌德之餘，還有內心的感懷，如騎馬射箭的英雄壯志，憂時傷事的概嘆。

《詩經》中最好的一部分是〈國風〉，它的文字及人生價值最高，感情也最率真。我們把它的第一篇〈關雎〉，提出來加以研究。

關關雎鳩，在河之洲，窈窕淑女，君子好逑。

關關為鳥鳴之聲，ㄍㄨㄢ ㄍㄨㄢ是我們現在的發音，從前是否如此，不得而知，但是我們現在聽起來還是很像鳥鳴。這第一句是形容雙雙對對的雎鳩，是寫實的手法，這鳥引起了他所思慕的對象，這在《詩經》的技巧是興。興是一種聯想，在文學上佔很重要的地位，無論古今中外的作家，沒有想像力，就無以成文。過去沒有這類技巧的名目，也沒有像現在這樣的文學批評加以分析，漢儒只有拿經典，拿文以載道的話來解釋一切文學作品，因此抹煞了文學上的價值。這詩的第二節是：

參差荇菜，左右流之。窈窕淑女，寤寐求之。
求之不得，寤寐思服。悠哉悠哉，輾轉反側。

他望著池塘裡的水草，又想起伊人，一面寫景，一面抒情。尤其它中間還有一個周折，求之不得，就夢寐思念，輾轉不能成眠。這是一種纏綿的情意，怨而不怒，哀而不傷。它的精神，是很積極的，永遠懷著希望，鍥而不捨地去追求；結果，有志者事竟成。所以下面接著就是：

參差荇菜，左右采之，窈窕淑女，琴瑟友之。
參差荇菜，左右芼之，窈窕淑女，鐘鼓樂之。

這首詩的音調，我們到現在聽起來，猶覺抑揚頓挫。《詩經》中像這樣的好作品，不知道有多少；技巧運用最多的是象徵，就是所謂比。

文學裡的象徵是不可或缺的，如〈邶風〉中的〈柏舟〉：

汎彼柏舟，亦汎其流，耿耿不寐，如有隱憂。

這是描寫一位女性，她被她的愛人所遺棄的傷感，她以河上柏樹做的船去象徵她的堅貞。儘管水是飄流不定，而船卻非常穩定；一面象徵，一面抒懷，手法何等高超。接下去的「我心匪石，不可轉也；我心匪席，不可卷也」，說明石頭可以隨便轉來轉去，但我心不轉；席可以隨便卷起來，而我的心是永不屈服。詩人把內心的感情，全部描繪了出來。

此外如〈蓼莪〉：

蓼蓼者莪，匪莪伊蒿，哀哀父母，生我劬勞。

這是孝子思親之情，父母撫育我，如此勞苦，乃以蓼莪作為比喻，蓼茂盛貌，莪是一種草，長大成蒿，用以象徵自己沒有報答父母之恩的沉痛之思。所以後來又說：「缾之罄矣，維罍之恥。鮮民之生，不如死之久矣」，最後說父母如何生我、鞠我、拊我、畜我、長我、育我……「欲報之德，昊天罔極」。

我們從這幾首簡單的詩，就可看出《詩經》是以四言詩為主。四言詩易於表現慷慨激昂，爽直的感情，無所隱瞞的一口氣就說完，但也有五言七言而至九言的，逐漸的影響了後來的南方文學，那就是《楚辭》。

綜上所述：我們對《詩經》得到一個結論，因為《詩經》的地理環境是北方的黃河流域；中國的文化是由北到南，黃河流域文化發達得比較早，人民個性比較爽直，慷慨激昂，在詩歌所表現的也是如此，不太委婉曲折。但也有最委婉曲折的如〈子衿〉：

青青子衿，悠悠我心。縱我不往，子寧不嗣音？
青青子佩，悠悠我思。縱我不往，子寧不來？
挑兮達兮，在城闕兮。一日不見，如三月兮。

子衿是衣服顏色，看到這衣服的顏色，就會想起你，為什麼我不去你那兒，你也就不理我了呢？這就是所謂溫柔敦厚的怨而不怒；如果我們換一種方式說：子不我思，豈無他人？這就不是《詩經》溫柔敦厚之旨了。

從這裡我們可以看出北方人性格的爽朗，這與地理環境有關。此外還有哲學思想，因為齊魯是孔孟思想的發源地，中國的儒道，就是恕道、和平。這種影響很顯明地從詩中表露無遺。

由北到南，戰國時就有《楚辭》的興起。

《楚辭》與《詩經》迥異其趣，最大的原因，由於地理環境的不同。南方的雲煙山澤之美，予人以迷離的神祕感覺，從而產生更多幻想，即以詞彙來說，

《楚辭》遠較《詩經》為多。同時南方人講迷信，孔子則「怪力亂神」不談，敬鬼神而遠之。而《楚辭》中最顯著的一點，不但不遠鬼神，還要與鬼神為友，思慕它，追求之，還要以寫情詩的方式和它談話。這是因為南方受了道家思想的影響，那時莊子思想已到南方；每每愈是晚開化的地區，文化上的吸收力特別強。楚王併吞各國之後，有稱霸中原的野心，派使節到北方去學習。那時使節來往常以唱詩代替說話，但南方人覺得詩仍不夠滿足，要想表現出更多的感情，於是《楚辭》應運而生。

《楚辭》中也有貴族文學與民間文學之分，民間文學中最顯著的是〈九歌〉。有人說〈九歌〉為屈原、宋玉所作，可是我們認為它也和《詩》中〈國風〉一樣，是民間的集體創作，後經文人修改而已。它是用來祭神的，它與《詩經》最大的不同，是句子的字數增多，而且常用「兮」字。或謂「兮」字是南方楚聲的代表，其實《詩經》中就有這字，如「巧笑倩兮，美目盼兮」，孔子〈獲麟歌〉也說「麟兮麟兮我心憂」；它只是表現一種慨嘆之音，從它的象形，解釋為心有怨氣上升，到了喉頭上就出不來了，梗住之後，變成了嘆息之音。古文有這個字的地方，就像我們現在所用標點符號中驚嘆號的意義。

限於時間，我們只提出具有代表性的幾小段來加以說明：

比如〈九歌〉中的〈湘君〉，是描寫雲神的，刻劃他的美麗及思慕之情，期待很久，還不見他降臨，就發出怨言：

君不行兮夷猶，蹇誰留兮中洲？美要眇兮宜修。

宜修者是很美的意思，那意思是說：你為什麼不來呢？你是為了誰在中途耽擱了呢？我現在要用船去迎接你：

沛吾乘兮桂舟，令沅湘兮無波，使江水兮安流。

希望你早點來，我要令沅湘無波，江水安流。如此的盼望與祈禱，是多麼纏綿感人。

再如〈湘夫人〉中描寫湘江女神湘夫人的下降，有：

帝子降兮北渚，目眇眇兮愁予；嫋嫋兮秋風，洞庭波兮木葉下。

是刻劃湘夫人降臨時，洞庭湖波浪飄盪，她的「目眇眇兮愁予」。我們現在認為眇一目是一種缺憾，而這裡的眇是形容美人的眼神矓矓糊糊的，有一份神祕的美，就像患近視的眼睛，看上去矓矓糊糊，顯出格外的一種媚態。湘夫人美目眇眇，引起了她的愁悵，因為秋風嫋嫋，湘水起波，草木搖落。

這是〈九歌〉中對神的描寫，它描寫鬼也同樣的美麗，如〈山鬼〉中有：

若有人兮山之阿，被薜荔兮帶女羅；既含睇兮又宜笑，子慕予兮善窈窕。

《詩經》中的「窈窕淑女，君子好逑」，是寫少女之美。寫衛國姜莊之美，也不過是「巧笑倩兮，美目盼兮」，而在楚辭中描寫女性鬼神，竭盡了華麗之能事，而且予以人格化，人與神鬼之間有一份深厚感情。

我們知道莊子最富於幻想，他的〈逍遙遊〉中，有：

北冥有魚，其名為鯤。鯤之大，不知其幾千里也？化而為鳥，其名為鵬，鵬之背，不知其幾千里也？怒而飛，其翼若垂天之雲，是鳥也，海運則將徙於南冥；南冥者，天池也。齊諧者，志怪者也。諧之言曰：「鵬之徙於南冥也，水擊三千里，摶扶搖而上者九萬里，去以六月息者也。」

這種誇大的描寫，啟發南方的人民，產生豐富的想像力，這也是《楚辭》與《詩經》不同之處。

《楚辭》中最主要的作品當然是〈離騷〉，它的作者就是大家都知道的屈原。關於屈原的身世，知之甚詳，我們不作特別介紹。有人說，春秋戰國時，應無如此忠貞愛國的人物，只是漢朝的人為了要表現愛國精神，虛構這樣一位人物。我們認為這是不可能的，因為孔子認為亂臣賊子皆可殺，怎會沒有忠貞愛國之士呢？同時如此血淚文字，絕不是他人能夠虛構得出來的。

中國古代的《詩經》，就好像古歐洲有《荷馬史詩》；〈離騷〉，就好像希臘神話。它裡面的想像力的豐富，令人可驚，舉凡香草、美人的比喻、象徵，各種技巧，無所不有。而它所承受的是《詩經》的方法，加以發揚光大。

我們現在常常有所謂意識流的作品，就是當時的感情，不經理智的整理安排，直接表現出來，這種感情，是最真實的。我們可以說，〈離騷〉是古代意識流作品的代表。從作品裡，我們可以想像到屈原在開始寫〈離騷〉時，是準備用正統的寫法，從自己的祖先寫起，寫他什麼時候出生，叫什麼名字，但是寫到後來，他想寫出滿腔的忠君愛國不為人所諒解，及如何為小人所讒，感到極大怨忿，心就亂了，心亂以後筆下所寫的也就亂了。所以離騷者離憂也，離是亂的意思，騷就是牢騷，就是把心裡的痛苦說出來，太史公讚美說：「〈國風〉好色而不淫，〈小雅〉怨悱而不亂，〈離騷〉者，可謂兼之矣。」

那麼〈離騷〉如何亂法呢？他出仕之初想做一番事業，後卻受到挫折，因此他感慨時間過得快，所以他說：「日月忽其不淹兮，春與秋其代序；惟草木之零落兮，恐美人之遲暮。」美人是最高道德的標準，他把自己比作美人，他很沉痛的接著說：「荃不察余之中情兮，反信讒而齌怒。」他拿香草比楚懷王，仍是怨而不怒之意。你雖然對我不好，我還是把最好的東西拿來比你；你如此的不諒解我，不能讓我發展抱負，所以下面說：「余固知謇謇之為患兮，忍而不能舍也；指九天以為正兮，夫唯靈脩之故也。」他的意思就是說，不管這些小人怎麼作怪，我對你的忠貞可以指九天而為證，可是我忍不住你對我的不諒解，所以，「寧溘死以流亡兮，余不忍為此態也」。

我們從此可以看出他的心情顛簸、矛盾，永遠不能安靜下來，一忽兒指責上面對他不好，一忽兒又願意犧牲到底。由此可見感情與思想波瀾起伏最大的時候，不必加以整理。以文學的價值而論，有幾篇文章與屈原的〈離騷〉有同樣的情形，梁庾信的〈哀江南賦〉也是如此，他是南朝人，流亡到北朝，至回來的時候，南朝但見一片瓦礫，這種傷感所寫出來的文章，當然是可歌可泣的；另外就是南唐後主的詞，還有杜甫的一首〈北征〉詩，這些都是血淚文字，表現出了內心的真實的感情和奮鬥精神。我們所謂戰鬥文學，並不一定是短兵相接，劍拔弩張，整個的人生就是奮鬥，善與惡的戰鬥，是與非的戰鬥，恨與愛的戰鬥，我們自己內心不能平衡，也是戰鬥，最後真理必定得勝。所以一篇小說的構成，如裡面人物沒有天人交戰的成分，好與壞都是一條線到底，這樣的作品，大概不會有什麼意思。

從《楚辭》以後，就到了漢朝的賦。因為賦是韻文，形式結構，有散文的傾向，我們在這裡不作介紹；不過漢朝的樂府，頗具研究價值。

樂府為《詩經》與《楚辭》的混合，它的五言，就等於《詩經》裡的四言，它的七言長短句，就等於《楚辭》。漢高祖本身就是非常喜愛楚聲的人，他那

「大風起兮雲飛揚」的〈大風歌〉，就充分表露出他帝王統治勝利的快樂。他第一次回到故鄉，招集一百二十兒童，教以編了譜的唐山夫人的〈安世房中樂歌〉來唱，這大概是中國最早的兒童合唱團了。這時，開始有了樂府，但尚未定型，到漢武帝，以李延年為協律都尉，請司馬相如撰詞，這才是皇家音樂院的開始。樂府在漢朝特別發達，帝王的愛好有很大關係。樂府中分類也很多，宮廷中先有音樂，然後配上歌功頌德的詞，也有以教化為主的，文學價值遠不如民間文學。它裡面最精華的一部分，也如同《詩經》中的〈國風〉，《楚辭》中的〈九歌〉。清商曲相和歌就是最好的民間文學，還有鼓吹曲橫吹曲，是慷慨激昂之音；漢朝統一之後，西域各種樂器都傳來了，必然須要悲壯的歌去配合它，不過那純粹是軍樂，在馬上唱，有些用鼓，有些用角，可惜現在這種樂譜已經失傳。

因為舊樂府不能唱了，唐朝時，新樂府興起。好像現在的方塊文章，專門寫社會的民間疾苦。但是新樂府也不可以唱，唐絕句則反可以唱。

民間的樂府，有很多是反映孝思、兄弟手足之情、愛情、戰爭、打獵……表現出老百姓內心真正的感情。現在我們讀流傳下來的樂府，幾乎每篇都是十分完美，甚至我們現在文學創作上所用的技巧，那時都已有了。不過那時候沒有一個批評家加以分析，如果現在的批評家把古典文學作品以新的眼光去欣賞，一定可以發現更多的技巧。我們不必菲薄自己，西洋的作品固然很好，我們可以接受，可是我們要知道，我們自己的文學遺產也很豐富。

現在以〈豔歌行〉為例，提出討論，這是一首很完整和包容了一個十分有趣情節的五言樂府，這種樂府後來慢慢衍變為五言詩、故事詩。

翩翩堂前燕，冬藏夏來見。兄弟兩三人，流宕在他縣。
故衣誰當補，新衣誰當綻。賴得賢主人，覽取為我組。
夫婿從門來，斜倚西北眄。語卿且勿眄，水清石自見。
石見何纍纍，遠行不如歸。

這首詩是描寫兄弟二人在外縣流浪的思歸之情，前兩句是《詩經》中的興，看見眼前景色，引起感情。睹蒸思歸，遊子情懷，所謂「飛鳥戀舊林，池魚思故淵。」居停賢夫人為流浪漢縫補舊衣，卻引起男主人的誤會，他「斜倚西北盼」，心裡滿不是味兒。後面幾句為兄弟所言，要男主人不必懷疑，將來終有水落石出之日。最後兩句，點出全詩主旨，縱使水落石出，可是遊子思歸之情並不因此減少，在家千日好，出門一朝難，歸我故土，才能了卻離愁。詩雖短，而情感深刻波瀾起伏，文字含蓄優美。漢樂府大都如此。

樂府發展到東漢，五言詩已經成熟，因時間有限，無法詳論，只提出三國時代的曹氏父子中的曹植，略作介紹。因建安時代的曹氏父子及建安七子中，以曹植的才華最高，現在舉出他〈贈白馬王彪〉中的後三首，加以欣賞。

心悲動我神，棄置莫復陳，丈夫志四海，萬里猶比鄰。
恩愛苟不虧，在遠分日親，何必同衾幬，然後展殷勤。
憂思成疾疢，無乃兒女仁，倉卒骨肉情，能不懷苦辛。

大家都知道曹植與曹丕兄弟的感情很不好，不僅帝王之爭，還有家務糾紛，他們之間傳說的故事很多。

曹丕做了皇帝之後，對兄弟的猜忌益深，有一次他把曹植他們兄弟三人召進京去，毒死曹彰，放回曹植與曹彪，而又不讓他們同路，曹植有感寫了這首詩。它的好處，在內涵的感情不但豐富深刻，而且曲折，對骨肉分離之情，曲曲道來，有時相寬慰，有時悲愴忿慨，最後仍難捨手足親情。一個人的感情，豁達中難免有傷感，豪放中也難免有悲忿，能夠把矛盾的感情在作品中表現出來，才是真正性情之作。

由魏到晉，晉朝的詩人很多，在《楚辭》，樂府之後，古風非常發達。這裡我們只提出陶淵明作為代表，加以討論。

陶淵明是一位無人不知的高風亮節的田園詩人。一般人認為他是逃世主義者，是悲觀的，消極的，但實際上，他是一位很積極的人，充滿了對人世的愛，充滿了對社會的關懷，他希望人世間變成「桃源」世界，而不是自己遁入「桃源」。我們從他的〈桃花源記〉就可看出，「緣溪行，忘路之遠近，忽逢桃花林」，這就說明桃花源離人世間並不遠，同時也含有人世間也可以變成桃花源的意思。這裡所描寫的不像《鏡花緣》那樣脫離現實，「土地平曠，屋舍儼然。有良田，美池，桑竹之屬；阡陌交通，雞犬相聞。其中往來種作，男女衣著，悉如外人；黃髮垂髫，並怡然自樂。」可見那裡是非常人情味的，並不拒人於千里之外，「延至其家，出酒殺雞作食」；可見陶淵明對人世並未絕望。其實它的精神是入世的。

陶淵明在〈歸去來辭〉中有不願為五斗米折腰之意，使人誤會他的怪僻，其實他不是不知道官場禮節，他在〈歸去來辭〉的〈序〉中說得很明白，「質性自然，非矯厲所得；饑凍雖切，違己交病。」他不能做不自然和違背自己志趣的事情，這就是他倔強的地方。他有儒家那種不屈不撓，刻苦耐勞的精神，所以回家之後，親自耕作，才體味到「晨興理荒穢，帶月荷鋤歸」的農家樂。此外，他還有與世無爭的道家出世思想，但沒有魏晉一般士子那樣虛偽。那時有錢的人盛行服用如現在迷幻藥之類的興奮藥劑叫做五石散，吃後混身發熱，就到外邊去吹風，才顯出他的雍容、悠閑，輕裘寬帶在風地裡吹，有飄飄然之態。窮的人吃不起，卻也要到風地裡去吹一吹，表示自己也吃過了。足見當時社會風氣的虛偽浮誇，陶淵明沒有這種壞習氣，他很率真：「少無適俗韻，性本愛丘山」，他之歸隱，全出自然，不是當時一般士子假裝歸隱，實際上是以退為進的姿態。宋朱熹就說，「晉宋人物，一面清談，一面招財納貨，只有淵明能真個不要，所以賢於晉宋人物。」一個「真」字，是寫作最大的原則，為文造情的文章，寫得再美麗，也不會有什麼內容。

陶淵明的詩不但真得可愛，還有悟道的境界。從他的〈擬古〉詩中，可見他年輕時有一番很大的事業心；「少時壯且厲，撫劍獨行遊」，說明了他少年猛勇奮發的抱負。戰國壯士，他獨傾心於荊軻，在〈詠荊軻〉一首後面四句，「惜哉劍術疏，奇功遂不成；其人雖已沒，千載有餘情」，惺惺相惜之情，躍然紙上。歸田之後，他的詩真情畢露，沒有一點造作，如〈癸卯歲始春懷古田舍〉

中的「平疇交遠風，良苗亦懷新」，「微雨從東來，好風與之俱」，至於〈飲酒〉詩的「結廬在人境，而無車馬喧。問君何能爾？心遠地自偏。採菊東籬下，悠然見南山。山氣日夕佳，飛鳥相與還。此中有真意，欲辯已忘言」，已臻化境，完全是悟道的境界。我們認為陶詩最可貴處，是情、景、理三者俱兼，有極高的文學價值。可惜他的作品在當時不曾被人看重，一直到宋朝，才受人推崇。我們研究他的詩文，用現在的眼光看，可以了解他的人生觀是積極的、奮鬥的，就是描寫田園也是欣欣向榮的。

陶淵明的作品開啟了後來的山水文學及五言古風，唐朝受他影響最大的是杜甫。

杜甫的〈羌村〉三首，如第一首的：

崢嶸赤雲西，日腳下平地。
柴門鳥雀噪，歸客千里至。

妻孥怪我在，驚定還拭淚。
世亂遭飄蕩，生還偶然遂。
鄰人滿牆頭，感嘆亦歔欷。
夜闌更秉燭，相對如夢寐。

看起來幾乎是陶淵明的作品，離亂後骨肉團聚的情景，刻劃得入木三分。所以不論古今中外，作品中交融情、景、理，始能達最高境界。

唐詩人受陶淵明影響的還有王維，蘇東坡讚王維的詩是「詩中有畫，畫中有詩」。我認為詩以情為主，畫以象為主，溝通兩者的是意，要有情才能透過丹青，把意境從畫上表現出來。

王維有一首詩：

山居秋暝

空山新雨後，天氣晚來秋，明月松間照，清泉石上流。
竹喧歸浣女，蓮動下漁舟，隨意春芳歇，王孫自可留。

這詩是描寫雨後秋景，主要表現的是寧靜，但寧靜的基調並不是死寂的，裡面的名物如明月、松樹、石頭，這些都可在視覺上感受到的，清泉、竹喧、蓮動，是可以聽的，有聲有色，才能入畫；王維本身就是音樂家、畫家、詩人，所以這首詩儘管是描寫靜，但他用動來表現，而又不與靜的基調相衝突，這就是王維作品可貴處。他另一首好詩是〈竹里館〉，《輞川集》中二十首裡面的一首。他在寫這詩時，殊不得意，因楊國忠當權時，曾一度被謗，受過很大侮辱，心情痛苦，隱居輞川，這一首詩可以代表他那時候的心情。

獨坐幽篁裡，彈琴復長嘯，深林人不知，明月來相照。

詩裡屬於動作的是獨坐、彈琴、長嘯，屬於景物的是幽篁、深林、月照；充分的寫出了他的孤獨感，以彈琴和長嘯和唯一的伴侶月光，來表現他的孤獨，襯托出遺世獨立的心情。但我們又可從詩中看來，他不是甘心寂寞的人，所以他要長嘯，他要知音。很多畫家，常以這首詩作為題材。在另外一方面，他的四首〈少年行〉，極富戰鬥性。

少年行

新豐美酒斗十千，咸陽游俠多少年，相逢意氣為君飲，繫馬高樓垂柳邊。
出身仕漢羽林郎，初隨驃騎戰漁陽，孰知不向邊庭苦，縱死猶聞俠骨香。
一身能擘兩雕弧，虜騎千里只似無，偏坐金鞍調白羽，紛紛射殺五單于。

漢家君臣歡宴終，高議雲臺論戰功，天子吟軒賜侯印，將軍佩出明光宮。

第一首以美酒斗十千點出游俠少年的氣概。而酒逢知己，一派意氣相投的痛快神情，躍然紙上。第四句描繪出少年的風姿神彩。他繫馬在高樓旁的垂柳之下，就是一副極生動的畫面。因為馬是雄健的，垂柳是輕盈的。尤其是以高樓為陪襯，成一個鮮明的對比。畫家與詩人的筆下，究竟不平凡。第二首是交代少年出身，以平實之筆出之，而末句俠骨香三字下得有力，帶出第三首緊接描寫少年的射術高強，膽識過人，偏坐金鞍調白羽，就是一幅畫，有姿態，有光、有色，如此聲氣，焉得不所向披靡。第四首敘金殿歡宴，論功行賞，第四句「將軍佩出明光宮」，寫盡了少年封侯榮歸的豪邁神態，軒昂氣宇，筆致看似平實，其實不易。

王維也有道家思想，跟陶淵明很接近，他有兩句很出名的詩「行到水窮處，坐看雲起時」，可說是理、情交融的境界。又如「大漠孤烟直，長河落日圓」，大漠十分荒涼，孤烟冉冉上昇，情景非常入畫，即油畫、水彩畫，也都可表現；落日之圓，有目共睹，並不稀罕，但在遼闊的黃河上看落日，就有一種蒼茫之感；孤烟是直的，落日是圓的，孤烟是灰的，落日是紅的，線條和色彩，都全部呈露，這就是他的詩之所以有畫的道理。

說到盛唐詩人，沒有不提李白的，關於李杜的比較，專家們已說得很多，所謂李白是詩仙，杜甫是詩聖，李白是瀟洒飄逸的，杜甫是沉嘶凝重的，李白是道家，杜甫是儒家；杜甫對後來的影響遠超過於李白，杜甫的律詩做得特別好，李白的絕句好。如李白的〈下江陵〉：

朝辭白帝彩雲間，千里江陵一日還，兩岸猿聲啼不住，輕舟已過萬重山。

如長江大河，滔滔而下，一點也不必修飾。不過他有一首〈敬亭獨坐〉，可能這首詩是他所有詩中最接近道家思想的作品。

眾鳥高飛盡，孤雲獨去閒，相看兩不厭，只有敬亭山。

這詩的意境很高，很有「悠然見南山」的悟境：一般人寫山，一定要描寫山的姿態，山的顏色，以及山中的樹木花草來做陪襯，可是李白寫敬亭山，卻有一個特點，就是完全不用旁的事物做陪襯，反而把與山有關係的名物、飛鳥、孤雲屏除開了，讓讀者集中精神注意力來欣賞山，才能相看兩不厭，有無限知己之感。這是更高一層境界的描寫。真正說起來，他不是在寫山，而是在寫自己的胸襟，只是以敬亭山來襯托他自己遺世獨立的境界罷了。這是一種悟道的境界，世間一切都不足以擾亂他，飛鳥孤雲也可說是一種比喻，他雖不以此陪襯山，而不由得仍用他們為陪襯，只是技巧更進一步就是了。

李白的身世也像是一個謎，有人說他是李廣之後，是唐朝宗室，後來被貶到西域，到李白父親這一代，才偷偷的回到四川，他二十五歲才到山東一帶遊歷名山大川，賀知章很欣賞他的詩，推薦給唐明皇，他在長安的三年，是最得意的黃金時代，高力士脫鞋，楊貴妃磨墨，唐明皇親自拿手帕給他擦汗，是人生難得碰到的奇遇。李白雖狂，而我認為他的任俠，只有豪情，而無壯志；就我個人來說，是比較喜歡杜甫。人應有豪情，亦應有壯志，才能把握得自己個性；李白把握不住，後來隨永王璘謀反，這是他的白璧之玷。待赦後流放夜郎，潦倒一生，傳說醉渡牛渚磯時，入江捉月而被溺死，李白在文學史上的貢獻，是七絕詩的唐音，唐朝的詩可以唱，是從李白開始的，而且影響了後來的宋詞。他的文學主張是復古，以他瀟洒、任俠、豪放的氣質，本應開創新徑，可是他適得其反，他有兩句詩說，「自從建安來，綺麗不足珍」，「蓬萊文章建安骨」，但建安文章徒具詞藻之美，而無內容，他很反對，要復魏晉的古，所以他的古詩，多半學漢魏樂府；因為他沒有創造新的風格，作品的價值就不會太高。同時除絕句外，他的律詩並不好，他律詩很少，而且詩中平仄不調，對偶亦不工整。

一種文學成了定型，有了時代意義，必有其典型；杜甫造成了這典型，他的絕句不及李白，做不好絕句，他就做出很怪的拗調，特別的以不押韻取勝；我們可以不必重視這點，取其律詩之長，對偶工整，常以疊韻來作對偶，感情非常深厚。此外，李白沒有深入民間，雖任俠豪放，卻未真正接觸民間疾苦，而杜甫經過悲哀離亂的生活太多，他作品中社會意義最深的是三吏——〈新安吏〉、〈潼關吏〉、〈石壕吏〉，三別——〈新婚別〉、〈垂老別〉、〈無家別〉。〈秋景〉八首，只是文字技巧好。社會意義卻沒有三吏三別那樣高；這裡特別要提出來的，是他的長詩〈北征〉，可以上比〈離騷〉，甚至筆法也有類似之處。一開始就是「皇帝二載秋，閏八月初吉。杜子將北征，蒼茫問家室」，就跟〈離騷〉開始時敘述自己譜系一樣，兩者不同的地方，是〈離騷〉純為抒發冤屈的感情，〈北征〉卻有親身的經歷。一路上所見所聞，諸如民間受戰爭之苦，敵人的殘忍，描寫入骨三分，可是筆鋒一轉，他又描寫路邊自然景物，寫秋菊，寫山果，「或紅如丹砂，或黑如點漆」。到家之後，又寫與家人相聚的悲喜，筆觸的細膩以至把孩子所穿的衣服都一一描繪了出來，「海圖折波濤，舊繡移曲折。

天鵝及紫鳳，顛倒在短褐」；寫的是從前的舊官服，因為太窮，修剪給孩子穿，使官服上所繡的圖案都弄顛倒了，這完全是寫實的作品，所以這首〈北征〉的詩，一定是杜甫事過境遷，痛定思痛之後才寫的；在當時心境紊亂的情形下，很難能寫得如此傳真。接著他又描寫取出替妻子買回來的脂粉的情形，「瘦妻面後光，癡女頭自櫛，學母無不為，曉妝隨手抹。移時施朱鉛，狼藉畫眉闊」，小孩把脂粉拿來亂擦，擦得臉上完全變了樣子，寫得非常有趣。它是寫實的，有很深的感情，它跟〈離騷〉一樣，也是很亂，一忽兒寫高興的事，一忽兒又寫悲傷，一忽兒寫離亂，一忽兒又寫奮鬥的精神。

他的〈聞官軍收河南河北〉，也是古今膾炙人口的作品：

聞官軍收河南河北

劍外忽傳收薊北，初聞涕淚滿衣裳，卻看妻子愁何在，漫卷詩書喜欲狂，白日放歌須縱酒，青春作伴好還鄉，即從巴峽穿巫峽，便下襄陽向洛陽。

這首詩最成功的地方是情真感人，它那驚喜交集的情景，歷歷如繪。有人把它最後兩句與李白的〈下江陵〉相比，我們認為沒有比較的必要，因為〈下江陵〉是絕句，就像現在的短篇小說與長篇一樣，是無從比較的。我們可以想像到杜甫當時的心境，他來不及修飾文字，只望能一路順風的下去，就直接寫出來了。

這首詩還有一個特點，是對偶工整，律詩對句向來是三四五六相對，他這首連七八兩句也對得很好。而且他用七陽韻，一般用韻，凡是欣喜皆有七陽高亢之音，可見杜甫是很懂得運用音韻的大詩人。

現在常用的文學上新的手法，就是時空顛倒錯綜，如意識流之類的技巧；最新的電影導演方法，也都傾向於此，使我們的思想與感情很難追索。杜甫的詩也有這種技巧，他的〈月夜〉就是如此。

月　夜

今夜鄜州月，閨中只獨看，遙憐小兒女，未解憶長安，
香霧雲鬟濕，清輝玉臂寒，何時倚宮幌，雙照淚痕乾。

杜甫是一位忠君愛國的詩人，安祿山之亂，唐玄宗奔蜀，他也跟著逃到四川。他的老家在陝西鄜州，他想回家看看，結果在長安被俘。這詩就是在被俘的那段日子中寫的，身在長安，而抬頭看到的是鄜州的月，這就是時空跳躍的手法。更傳神的是他不說自己如何懷念妻兒，而描寫妻兒如何懷念他的情景；而且只閨中獨看，因為他想像兒女是否懂得像他懷念他們一樣的懷念他。他這種技巧，把內心返覆思維，忽爾自己，忽爾對方的跳躍式感情，全都表現了出來。

晚唐的李商隱，也有很多用這手法表現的詩，他的〈錦瑟〉詩，使人有不

可捉摸之感，究竟說些什麼，很難猜測。他的〈夜雨寄北〉：

君問歸期未有期，巴山夜雨漲秋池，何當共剪西窗燭，卻話巴山夜雨時。

這首詩說的是自己在巴山，朋友問他何時回去他不知道，他寫這詩時巴山正在下雨，他想將來回去之後，跟朋友西窗夜談中，再回憶他當年在巴山寫這首詩時的情景。這也可說是時空的跳躍。

像這種表現的技巧，在我們古詩裡，不知道有多少。感情的錯綜複雜，古今中外都是一樣，只是我們那時沒有摩登的名字，稱它什麼什麼流。其實也不必要依照文學理論和批評寫文章，文章寫出來之後自有文學評論家去分析，這樣，對寫作的人可以減少精神負擔。每位作家都有他自己思想的路線，至於技巧，觀摩之後，自可創新，所以杜甫到晚年的時候自己說：「新詩改罷自長吟」，「晚節漸於詩律細」，他真是「語不驚人死不休」。

杜甫很重友情，他有四十四首寫給李白的詩，李白比他年長，他尊之為老前輩；可是李白送他只有幾首詩，從此可以看出杜甫有深厚的儒家的感情。他在文學上的主張是開新的，他曾說：「不薄今人愛古人，新詞麗句必為鄰。」意謂不論新舊，只要是好的就喜愛。那時有種風氣，罵齊梁文學和唐初四傑，杜甫就做了一首詩：

王楊盧駱當時體，輕薄為文哂未休，爾曹身與名俱滅，不廢江河萬古流。

意謂「你們看不起四傑詩而你們只是沒沒無聞，無所貢獻，遠不如他們的文章能不廢江河萬古流呢！」

他這種獨排眾議，不隨流逐波的擇善固執，才是文學家真正的典型，雖然他距離我們這麼久，但仍足為今日我們從事文學的朋友們師法。

唐朝的詩，大體上不出李、杜範圍；尤其杜甫的三吏三別到後來影響了中、晚唐的詩，白居易、元微之的新樂府，完全是承受了杜詩餘緒，那才是真正的戰鬥文學。那種作品像現在的小方塊，小小的一篇作品，就含有諷誡之意，言之者無罪，聞之者足以戒，他們用文學的體裁表現出來，很值得我們現在從事報章文藝工作者效法。

最後談到詞，從下面幾個名詞，我們就可以明瞭詞的意義了：曲子、詩餘、倚聲、長短句。

先說曲子，開元中，王昌齡、高適、王之渙幾個人在旗亭飲酒，忽然來了幾個伶官唱詩，高適他們說誰的作品唱得多，就表示誰作品最受人歡迎。結果王昌齡被唱兩首。王之渙又說，最美的伶官唱的，作品也最美麗，於是王昌齡的〈涼州詞〉：

黃河遠上白雲間，一片孤城萬仞山，羌笛何須怨楊柳，春風不度玉門關。

讓最美麗的伶官唱了出來。

我們在上面已經說過，唐的樂府因樂調已失，不能唱，絕句反而能唱。那時的所謂曲子，是詩人的作品，經教坊作曲家配音，加上幾個襯字；本來是七個字一句，加上兩三個襯字，使它變成長短句。這時詩人就想到，既然這種曲子這麼受到歡迎，就開始主動的創作。像宋人姜白石所說那樣，「自製新曲韻最姣，小紅低唱我吹簫」，這種旖旎風光，宋代最盛，不過這種風氣已始於唐，劉禹錫曾對白居易說過，「勸君莫奏前朝曲，聽取新番楊柳枝」，其實〈楊柳枝〉即絕句，不過音調最好而已。

很多詞曲都是從詩裡變化出來的，如〈浣溪紗〉、〈鷓鴣天〉等皆是詩餘。比如〈雨霖鈴〉調是唐明皇因「夜雨霖鈴斷腸聲」而作，而他送一盆真珠給梅妃，就有了〈一斛珠〉的調，這一類是官家做的調，也都是曲子。

至於倚聲，是照著音調，把詞填進去的意思。

另外有個詞的來源，是外來樂，晚唐以後，經過五代，到宋初大統一，歌曲多了，樂譜也多了，樂器也隨著增多，同時詩不能滿足文人的歌唱及寫作的慾望，民間的需要，於是詞風隨而大盛。

宋朝的詞以戰鬥意識來說，自然首推岳飛的〈滿江紅〉，但這首詞後來有人發現可能不是武穆的作品，如〈李陵答蘇武書〉那樣是後人假托的。其可疑之處是這詞在武穆的集裡沒有，還有賀蘭山的地理位置不對；然而這說法亦有存疑的地方，也許當時他那種慷慨激昂之詞，由於政治環境不便收入集子；同時文人為文往往用借題手法，以賀蘭山代表其義亦未始不可。所以這首詞，我們不必辨其真偽，只求其藝術價值與主題意識。我們都知道，〈滿江紅〉完全是空靈著筆的抒情，只有「瀟瀟雨歇」四字是寫景的，然而短短四字，涵義至深，令人有雨過天青之感，雨時的鬱悶已經消失，象徵新局面，新希望的來臨。

李清照論詞，連蘇東坡在內，所有詞人的作品，似乎都不理想，不過我們就詞論詞，每個詞人都各有其身世、性情、技巧。現以北宋末年辛棄疾的〈水龍吟〉，來作一個簡單的說明。

水龍吟

楚天千里清秋，水隨天去秋無際，遙岑遠目，獻愁供恨，玉簪螺髻。落日樓臺，斷鴻聲裡，江南遊子，把吳鉤看了，欄杆拍徧，無人會，登臨意！休說鱸魚堪膾，儘西風季鷹歸未？求田問舍，怕應羞見，劉郎才氣。可惜流年，憂愁風雨，樹猶如此！倩何人喚取，紅巾翠袖，搵英雄淚！

特別提出這首詞，是因為詞中情意，與我們此時此地由自由區遙望淪陷區的情形太相似了。

一般填詞，不應該有重覆的字，但辛棄疾是大手筆，在第一節上的天與秋字就重覆了，而且這種重覆是故意的。因秋色而懷念故鄉，秋無際也就是愁無際。遙岑即遠山，山所呈現的景色乃獻愁供恨；明明是他把愁恨寄托於山，他卻倒過來說是山把愁恨給了他，這種技巧是很新的。下面的落日、斷鴻、江南遊子，有蒼涼之意；與元關漢卿的「枯藤、老樹、昏鴉；小橋、流水、人家；古道、西風、瘦馬。」有異曲同工之妙，漢卿可能由此蛻化而來。吳鈎是寶劍，這遊子在高樓上，撫劍徘徊，滿懷復國雄心，可是沒有人了解；我們從歷史上知道，每個胸有復國壯志的英雄，必定會受到許多阻礙。即如我們現在，反攻大陸是必須要達到的目標，他巴望不得立刻渡海，早日匡復；但當時他感覺到很孤單，因為不是每一個人都跟他有同樣的認識與胸懷，國際之間也不是個個都是朋友，以今比昔，也會發生一樣的感慨。但是堅決到底的，最後必定成功，不過在「無人會，登臨意」的時候，暫時會感到孤單。再接下去是遊子想起家鄉，很想回去，但是一時辦不到，這裡的季鷹，是象徵遊子。下面三句很費解，可分兩方面來說，一是懷念淪陷區中的親友們，他們現在過的是什麼日子。為了生活，求田問舍，也是出於不得已。怕應羞見是替淪陷區裡的人想，將來反攻回去，你們是否會愧對故人。另一說法，是以遊子為出發點，因壯志未酬，所以變成求田問舍，當年人家讚我為劉郎，現在卻沒有成就，似乎有愧於心，這是一種愛國情操非常迫切的意思。

〈水龍吟〉是辛棄疾的代表作，裡面充滿了匡復故國的情意。

時間有限，不能多講。總括一句，我國的舊詩詞並不是消極的，許多慷慨激昂之音，或啟發性靈的優美詩篇，正充滿了積極奮鬥的意識。就在乎你從那個觀點欣賞它們了。

存在主義與中國哲學

成中英

目前一般人對存在主義，以及存在主義與中國哲學的關係發生了興趣。我個人以為不外是下列幾個原因促成的：

一、存在主義在近代西方是一門流行的學問。它有一種特殊的力量，這種力量表現於各方面，引起別人注意，變成一種潮流，一種運動，使整個的生活與文化具有特殊意義。它不僅見於一些抽象的著作，並且表現在各種文藝創作當中，進而表現在個人生活方式裡面。我們可以把法國的沙特作為它的模型。沙特的存在主義思想，不但表現於他系統的哲學著作，更表現於他的文學作品裡（戲劇、自傳、小說創作，都變成了他思想的產物），同時也表現於他的生活方式中。

西方既然有了這麼一個潮流，這麼一種衝擊的力量，我們要了解西方，了解近代人生活，自然會對它發生興趣。

二、到底存在主義是好，還是壞，這是我們必須加以認識的。這是價值抉擇問題。因為語言的隔閡，文化系統各異，歷史背境不同，我們的傳統思想自然與西方的差別很大。現代存在主義的思想，透過哲學及文學作品等各種方式傳到中國，到底對我們有什麼意義？好或者壞？應該接受或不應該接受？對它我們要採取什麼樣的態度？以及如何評價？討論這些方面的問題的著作很多，介紹的人也多，有人贊成，也有人反對。有人說它是悲觀主義、虛無主義，也有人說它是人文主義，是西方最好的精神哲學。

既然有這麼多的問題，這顯然構成了我們對存在主義發生興趣的一個有力動機。

上述兩點，是我個人認為今天我們要求對存在主義了解的原因，也許還有其他的原因，對於它們我們暫時予以保留。

現在我們問存在主義如何跟中國哲學發生關係？我們分兩點來說明這個問題。

在日新月異的近代生活中，中國過去以傳統方式表達的古典哲學，在語言上有一種時間上的隔距，以致遭受普遍地漠視。這種時間的隔距可說是後來的，加上去的；如果沒有經過民國以來的文化運動，沒有面臨中西文化衝擊的問題，我們也許不會感受到西方思想的壓力與西方文化的影響。然而我們必須在二十世紀的文明中找尋更好的生活方式，中國傳統哲學就難免與我們有某種隔距。這種隔距就變成了問題。

我們怎樣更進一層說明這種隔距呢？

在我們的意識當中，我們對中國哲學無從隨時隨地加以把握；可是在我們潛意識裡面，在我們整個文明和文化裡面，以及在我們的生活習慣與心理狀態裡面，中國的基本思想與精神，始終存在。由於我們感到興趣的多半是一些新的東西，我們的意識與潛意識於是構成衝突與隔閡。表層的二十世紀新的生活，是多少可以與西方近代化文明聯繫起來的，但是與我們潛意識中的中國思想、文化、哲學所形成的價值則無法銜接。如何打破這種隔閡，把我們所接觸到的新的東西，與我們在習慣、傳統中的中國思想連結起來，就是我們的大問題。

我們怎樣對中國哲學作新的肯定、新的認識，使它有新的意義？並如何在我們對西方哲學的了解之下，讓中國哲學有新的生命與新的精神？西方科學帶來的價值以及其挑戰性的文明，對我們固有的思想和價值將產生何種影響？這些都是我們今日無法逃避的問題。

這就是為什麼我們要把中國哲學與西方哲學或西方近代哲學如存在主義相提並論，作一個客觀估價。

此處還有一個更特殊的理由，乃是存在主義的基本觀念在近代西方哲學中，可說是獨樹一幟的。最明顯的是它有人文主義的精神。存在主義所謂的存在，跟人的存在有特殊的關係。由於我們在實際生活中，潛意識中，不能逃避中國哲學中人文主義方面的價值；我們就沒有辦法不把西方所曾盛行的思想作一個考察、認識，並把它的各種關係說清楚，這是中國哲學可以和存在主義作比較和研究的特殊理由。

存在是個很大的問題。人的存在，顯然是中國哲學的中心課題。存在主義既然關心人的問題，人的存在的問題，以及人的存在的價值的問題，它所給我們的印象，自然是它可能與我們中國哲學作一比較。不但如此，從存在主義在西方思潮中的發展看，它顯然是對西方傳統理性主義，科學工業文明的當頭棒喝，是對西方的理智哲學、本質主義、科學研究、近代人生活的機械主義的一種反動。它與我們中國哲學中固有的人文主義，似乎有不謀而合之處。由於此，我們也必須尋出存在主義與中國哲學中人文主義相通的關鍵。

把這個作為基點，我們可以提出三項重要問題來討論。

首先，我們問到底存在主義是什麼。然後，我們要研究存在主義與中國哲學有什麼異同之處。於此，我們不能不涉及中國哲學重新的肯認。於此我們也必須對中國哲學作一反省。最後一個問題乃是，假使認清了存在主義是什麼，認清了中國哲學與其關係，那麼我們應該採取什麼態度？我們應該知道，如果兩者有不同之點，這不表示存在主義無可取之點。同樣的，如果兩者有相同之處，也不應表示存在主義完全有價值。我們應透過自己客觀的理性分析和生活上的體驗，加以判斷和反省；這種判斷和反省，難免有主觀性，不過我們相信通過這種正確的了解，必有其相當程度的客觀性。

現在就上面提到的三個問題予以引申。

什麼是存在主義？存在主義有些什麼東西？我們對它如何了解？

存在主義的發生，在西方並不是完全偶然的事情，西方哲學是多種源頭的哲學。歸併來說，西方哲學有兩個源頭，一是希臘哲學的理性精神，一是希伯來人情緒上的宗教精神。這兩種精神，構成了西方哲學的基本因子。

中世紀雖然偏重於宗教與神學，但希臘哲學理性的分析，講究對人的了解，仍有很大分量。譬如阿奎諾的宗教神學，是受了亞里斯多德哲學的影響而形成的。

這種潮流，決定了西方人的思想、習慣，也決定了西方人思想發展的方向。我們如將十七世紀文藝復興後期來作分界點的話，即可以看出在其後希臘理性分析的精神佔了優勢，而在其前則是希伯來人情緒上的宗教精神佔優勢。

這裡所說的理性主義，是就一般而言。從希臘哲學上可以看出後來所謂大陸派以及所謂英國的經驗派的存在。但不論大陸派或經驗派，都相信理性是認識世界，認識人自己的基本工具。同時希望把人對世界、對自己的認識，用一個普遍概念表達出來。換言之，對世界的認識，是透過理性的、一般性的、必然性的。理性的基本條件，是它能找到普遍性、必然性，把認識帶到邏輯上的一致和清楚的概念上去。這是西方十七、十八世紀很明顯的一個潮流。

這個潮流，顯然引發了一些困難。困難大致可分兩類，一類是人的特殊性受到忽視，人不能完全透過普遍性來作說明。這是一般經驗的事實。可是理性主義的哲學家總把一個特殊的人說成一個普遍性的人的一個例證而已，忽視了人的特殊性，也就是忽視了人的主觀性。於是人主觀的內心的生活，人內心的感受，全受忽視。無論看笛卡兒，或者看康德，我們知道人內在主觀性的困難是存在的。

不但如此，西方哲學因理性主義的發達，引起科學發展。人的知識跟行為的關係，因之同樣的受到了忽視。理性主義者，對哲學的了解都採取了知的態度，找求普遍性的知識，而對於人的行為，如人能做什麼，應該做什麼，都加以一般的忽視。哲學被認為是求知的探討，而不把哲學當為個人成就某種境界與精神價值的方法。這樣一來，知跟人和行分開，知就是知，人就是人，行就是行。時間也被漠視，完全受社會控制，個人無能為力。你可以做一個有知識的哲學家，但你的行為，你人生經驗上的修養，並不充實，這就是理性主義所造成的缺陷。

如果在一個正常的狀況之下，也許這都不發生問題。但十九世紀以來，西方人透過浪漫主義，經過幾次大戰，尤其第一次大戰後精神上的鬱悶，對理性普遍的反動、不滿，變成非常強烈。

在這裡，我們應該注意，對理性主義的反對，不是從二十世紀才開始，十九世紀的西方兩位大哲學家，也就是存在主義的兩位大師，一是尼采，一是齊克果，都對理性主義作過激烈的抨擊。兩者都是十九世紀後期的思想家，為什麼他們對西方的理性主義有這樣大的反感呢？

拿尼采來說，他不滿德國人虛偽的理性生活，不滿意所謂啟蒙時代相信理性為萬能的思想，他也不滿意西方的哲學忘記了個人的豐富性，忘記了個人潛在的意志力量；這一切他都不滿意，他認為人可以憑藉他自己，充分的發揮他自己。不但在思想上可獲新的境界，而且在生活上也可創造新的價值。因此，他對西方文化作了一個很大的批評；事實上，他所批評的是他認為已經理性化的基督教的文化。他認為基督教是透過理性主義，約束了人的個性，抹煞了人的創造精神。

齊克果也是一樣，不過他的立場跟尼采不一樣，他希望每個人都能成為基督教徒。可是他所謂的基督教，不是當時西方所流行的基督教。他的基督教，是要求每個教徒都是孤獨的、獨立的個人。這裡我們應該注意，他所要求不止是獨立，而且必須是孤獨的個人，不受任何人影響，能夠為自己生活完全決定一切的個人。齊克果要在這方面找尋超越的自我，對理性主義極為不滿，他認為理性主義是黑格爾所代表。黑格爾那種絕對精神，把所有的人化入一個團體，化成一種絕對理性的表現，是抹煞個性、抹煞人的主體性和獨特性的。因之他力加反對。

這兩位哲學家都是近代西方文明所面臨到的問題的先知先覺。

到二十世紀，理性並沒有為人類解決問題，反而帶來很多災難。科學發展到很高程度，可是其結果往往使人面臨更多新的威脅。

這種威脅是兩方面的，一方面是科學的理論，使人覺得人本身沒有價值；假如把人當作物來看，人就是科學的奴隸，變成了一種可以抹煞的存在，還不如一些其他的動物。科學唯物論的世界觀、人生觀，不容許人存在獨特的價值，在科學對人的看法中，透過心理學的心理分析，透過機械的物理的觀念、化學觀念、或者生理學觀念，人不過只是一堆細胞、一堆衝動。在這種情況之下，人還有什麼價值？而且這一堆細胞，這一堆衝動，都可以被控制；科學再進步，即可控制任何一個人的大腦、手腳，也可以改變人的生活形態，人的價值自然受到很大的危害。

另外一種威脅是科學實際上的成果，足以威脅人的生存。科學發明毒氣，發明細菌，發明核子彈，用以施之於戰爭，顯然是威脅了人類文明。

在這種情況之下，當然會產生反動的思潮。這種反動的思潮就是要求人回到他自己，找到自己的價值，不接受人創造的理性主義和人創造的科學的束縛。

在二十世紀裡，戰爭帶來了新的問題，首當其衝的是歐洲的法國和德國。因之德法變成了存在主義思想發展的大本營。我們以為存在主義的發展，從這觀念來看，決不是偶然的事情；它在歐洲發展，而不在美國發展，它在歐洲發展，而不在英國發展，它在歐洲發展，而不在中國發展，自有它客觀的理由。

歐洲所承受的近代科學文明的災害以及理性主義的壓迫，最為強烈。美國是新興的國家，還沒有這種問題，英國是一個島國，做生意的經驗主義的傳統很堅固；我們中國的近代文明雖然有很大的變化，但因仍然保有基本的人文價值，所以一時也沒有遭受到這些問題。

存在主義的發展假使只是歷史的現象，這問題就比較簡單，但它顯然不止是歷史現象，它有它普遍的意義，這種意義代表在理性主義、工業文明、科學知識壓迫的情況之下，人的反省與自覺。

在這裡，我們要指出幾點，作為對存在主義基本了解的依據：

第一，存在主義都講究獨特經驗及主體性，但它的內容卻是多樣性的：有相反的、不相同的，或是對立的立場。所謂存在主義乃是一個籠統的名詞。我們現在所認為的存在主義哲學家，只有沙特一個人承認自己是存在主義哲學家。其他如尼采，齊克果，根本不知道有存在主義這個名字。知道這名字的如亞西派司，海德格，馬薩爾等人，卻並不標榜自己是存在主義，反而反對自己是存在主義。從這觀點上看，存在主義只是一個龐大的名詞，包括了很多內容，而且是不統一的內容，這是我們要想了解存在主義首先應該知道的，不要以為它只有單一的內涵而忽略了它的多樣性。

第二，存在主義哲學家，都具有西方基本的傳統，對西方的歷史與思想有深刻的了解，他們的系統哲學固然有他們自己思想特點，但這種哲學畢竟與過去歷史有深厚的淵源。

以沙特為例，他認為他的存在主義在開始時與蘇格拉底有接近的地方。他甚至說，存在主義就是人文主義，人文主義的開始是蘇格拉底，所以存在主義最早的開始，應該是蘇格拉底。蘇格拉底追求人的知識，追求知道自己，這就是存在主義最好的開始。海德格雖然不用存在主義的字眼，但他認為我們要了解人的存在，最好先了解基本的人的經驗。這種基本人的經驗在希臘早期，蘇格拉底以前的哲學家裡就可以找到。從這一點看，存在主義有歷史上的背景，也是儘可能在歷史上找根據的。

如果我們認清上述兩點，我們就可以正面的去了解存在主義有些什麼樣的問題，以及提出了一些什麼樣的觀點。

第一點：存在主義強調人的基本經驗，以及人的原始經驗。我們應該特別強調，人的基本與原始經驗是存在主義最主要的出發點。他們對理性、對普遍性、對科學的概念提出反對，因之必須要找一個據點，這據點就是人對自己的經驗，不需要被證明，自己能感覺到，面臨到的，而且是最基本與最原始的、不能逃避的，並是決定所有其他經驗的。

尼采認為他的基本經驗是人有一種權力意志。人可以超過他自己，決定他自己。他這種經驗是對人的基本的意志的經驗。他把握了這種意志之後，加以擴大，然後他認為所有價值的來源，都出於人的意志，都出於人對實在的權力的要求；所謂實在的權力，不一定是政治的權力，它可以是人生存的豐富，人基本的完善，或者是完美的要求。他認為這是很明顯的事實。從這個觀點看，他當然不喜歡他所謂基督教的「奴隸的道德」。基督教要求人謙虛，要求人在神面前變成奴隸，這是違反人的基本經驗的，因為人基本上是希望做一個獨立的個人，做一個充實而豐富的個人，希望能肯定和把握自己，這就是他所強調的基本經驗。

齊克果的原始經驗是人有一種對自己主體性的熱情。人的原始經驗就是追求主體性的熱情，這種熱情本身就是一種主體性。人之成為真正存在的，就是由於那種潛在的、或由潛在變成實際的熱情。它是選擇生活的力量，齊克果他認為這是必然的。人體驗這種熱情時，可以發現很多阻礙，比如對死亡、恐懼、罪惡的認識；這方面，他完全是從透過人基本的情意的自我的原始經驗中得來的。

二十世紀的存在主義哲學家中，海德格認為人的基本了解，是人必須了解人的存在是一種表現於時間性上的獨特的存在。人的存在基本是時間性。時間性卻帶來許多問題，如對死亡的求知與恐懼，以及因生活不固定而產生的煩惱、憂慮。這都是基本經驗的把握。把握了人存在的時間性，就把握了人的存在，把握了人的存在，也把握了存在。最後的結果是把握到因為時間性的存在所帶來的對生活的憂慮，對死亡的恐懼，對生命不定的感覺。同時也感覺到一種力量，需要讓一個人自己隨時作決定，來肯定自己，把握自己。這就是海德格所肯定的存在，也就是他經驗的人的原始的經驗。

再看亞西派司，他所把握的原始經驗是：人的存在是人在不斷地作思考，不斷的作判斷，不斷的作選擇，這是沒有辦法逃避的事實；所以他要求一個獨立的個人自己去面臨這種不斷的思考，不斷的感受，不斷的判斷，不斷的作決定的存在。他認為這是最直接基本的、不須要解釋的存在。從這觀點看，他又肯定了一些從這存在帶來的其他的感情；他對人基本的感情與感受非常敏感。

沙特也是一樣，他肯定人的存在不外乎兩樣東西，一是空虛，一是自由。這兩個雖然是獨立分別的觀念，事實上卻是一而二，二而一的。他認為人如果仔細體驗自己的存在，他將發現人基本上是一無所有，因為人不是一樣東西。東西應該是在時空當中決定而不能穿透的，可是人的存在是不定的，是不受限制的。一個人自己要做什麼就可做什麼；決定做好人，可以做好人，決定要做壞人，也可以做壞人。要做畫家或科學家也同樣可以由自己決定，而實際上能否做到，那並不重要，一個人只要有決定或想像的能力就有自由了。他認為這是很明顯的原始的經驗。從這個觀念來看，人一方面有自由，可是一方面人是不落在任何物質的平面上面。因此人在這方面是空虛的。他所謂空虛，是指人不落於實際的物質的客觀世界裡面。人可以說是虛無於客觀世界裡面的存在。唯其如此，人的存在才是空虛，因為空虛，才有自由選擇的力量。他認為這就是人的主體性。所以他強調從人的自由中發現空虛。因為面臨絕對的空虛，絕對的自由，人也可以面臨別的情緒。這些情緒大半都是那種阻撓或毀滅自由的情緒，如死亡、不安定、煩惱、或一般的無聊、或自我欺騙的感覺。這些情緒都是因為有了絕對的自由，但卻想逃避或阻撓這種自由而產生的。

其他的存在主義哲學家如馬薩爾等常認為人的基本存在，是要求群體的。這種人存在的基本經驗是希望人與人打成一片，逃避自己的孤獨，與人相處，與人享有及創造共同命運。

以上所說都是存在主義的特徵。他們肯定原始的人的情緒和經驗。他們對人內在的心理作了最直接的自我反省。他們不是分析而是報導一個人內心的體驗，並把它整個顯露出來，發展出一套很完備、獨特、描述性的人存在的心理學，這也是存在主義的特點。

第二點：存在主義哲學從人的基本經驗上肯定人的價值，並用原始獨特的經驗，說明人為什麼是人的根據。也同時說明人之有個體性，應為特殊的存在的理由。人跟物質的東西不一樣，人有獨特性；他跟概括的全體性也不一樣，人不受概括全體性的約制，也不受物質性的束縛，所以強調與全體性、普遍性相反的個體性。這是存在主義第二個特點。

第三點：存在主義肯定了人的存在原始經驗之後，發現一個特點，那就是人在恐懼當中，需要一種安定、依靠，於是不能不面臨超越的問題，因此存在主義有一種要求，要把孤獨的個人，有絕對自由的個人，安定起來，使他能得到滿足。這時，就分成了兩派意見，一派是要憑藉誠實，也就是沙特所說的對自己的忠實，以及人要求活下去的勇氣，來維護自己生存的價值，勇敢的面臨生活，這是人的自我超越。另外一派意見乃是：人因為在基本的經驗上面，感覺到那麼大的負擔，恐懼和不定，於是只能把上帝請出來，把上帝也當作存在的經驗與其依靠者。人必須投向上帝於是構成存在另外的一個超越性的要求，這是人的向他超越。

從上述諸端，我們引申出兩個結論，一個是：很明顯的，存在主義是反科學的，它對科學本身不滿意，因為科學束縛個人，帶來一般性。第二個結論乃是存在主義不談政治哲學。西方很多哲學家，都有一套政治哲學。可是存在主義除沙特外，一般都對政治不發生興趣。

現在，我們開始討論存在主義跟中國哲學的比較，研究兩者異同之處。

在我個人看，存在主義可以說為肯定人的經驗，肯定人的特出性，肯定人的存在的哲學。如沙特所說，存在先於概念和本質，本質是概念的對象，存在是人的體驗；若把這些當作存在主義說明的話，那麼顯然中國哲學恐怕是最有存在性的存在主義，最講究存在的存在主義。

人的存在是中國人特別強調的特質，中國思想家對人的行為、時間、自我修養極少當作對外的知識。相反地卻通常把人的知識跟人的行為、時間、發展自己、充實自己這種努力聯繫起來。這一點，就中國哲學一般的精神上說，是與存在主義相通的；存在主義是西方哲學的反省，擴大說明人的存在，這樣就更接近了中國哲學。

中國哲學是有存在主義的。存在主義的哲學家也看到了這點。譬如海德格，他想了解老子《道德經》中的道是什麼東西。在有一段時間，他認為老子所說的道，跟他所謂的存在，有可通之處。這是存在主義哲學家對中國哲學發生興趣的一個例子。

我們必須指出，存在主義與中國哲學固有相通之處，但亦有相異的地方。以基本經驗來說，存在主義所肯定的基本經驗，都是多少受到西洋傳統哲學裡人的遭遇，或人的處境的思想影響。在西方的神學思想當中，人一方面在自然界有一地位，另一方面人的命運卻操之於神，處於被動、卑小的地位。人有原始的罪惡感，有內心的痛苦與孤獨，所以存在主義哲學家所得到的原始經驗，可以說是一種對立、矛盾衝突的經驗。他們的原始經驗常常是一種黑暗的經驗的開始。所以他們肯定的經驗，大都是罪惡、孤獨、恐懼、痛苦、無聊的經驗。這些經驗也許是近代生活所引起的，可是也是由於原始的基督教或西方人傳統的衝突感受所引起的。

我們中國人所說的原始經驗，從《易經》、儒家和道家傳統來看，甚至從大乘的佛學來看，是和諧的經驗，是充實、滿足、樂觀的經驗。中國哲學所肯定的原始經驗，是一種與世界不對立的，是充滿快樂、希望、自信的經驗。

西方人有原罪的觀念。這種觀念來自希伯來人所經過許多無法忍受的痛苦，因為無法忍受，就委之於超越的上帝，以解除痛苦。這就是向上帝贖罪；那就是說，人之所以有這種痛苦，乃自覺人本身就是一種墮落。這種經驗，中國人是沒有的。中國人從來沒有長期的被監禁，像希伯來人一樣困獸似的苦鬥並要求解脫。中國人所處的經驗是融融洽洽，可以憑藉人的努力，達到和諧的境界；對宇宙的經驗，所得到的也是一種創造和生生不息的經驗。

我認為原始經驗非常重要，存在主義強調人基本的原始經驗，這是對的。我們必須看自己的原始經驗，來肯定個人的存在，來肯定人的個性，但是原始經驗有很多種，有正面、有負面、有光明面、有黑暗面、有快樂面、有痛苦面。我個人覺得存在主義所看到的，是比較傾向於痛苦的一面。而中國哲學的開始，是快樂、有希望，和諧的原始經驗。見之於儒家所說天人合一，道家所說與天地精神獨往來的逍遙精神，或如老子《道德經》所說道生一，一生二的創造精神。這種原始的經驗，道、天、或天人合一的經驗，是存在的經驗，是人存在的開始，只是形式上不同；假使人的經驗有無窮的幅度，那麼存在主義所看到的是屬於悲觀與痛苦的一面，中國人所看到的是樂觀與光明的一面。

西方人批評中國人，說中國人不知道罪惡是什麼東西，中國人不懂真正的痛苦。所以中國人不知道上帝的愛有多麼重要。我們的答案是中國人原來就沒有這種經驗，不需要超越的宗教，人可以從自己的原始經驗中找到解脫，這是就基本經驗方面看中國哲學與存在主義差異之處。

我們特別要提到尼采，他比較具有中國哲學的樂觀精神。他不是一個悲觀主義者，他特別強調人的創造性，人基本的樂觀精神，這是存在主義陽性的一面，跟中國哲學反而有相同的地方。他認為人可以超越他自己，人可以得到完美，在本質上接近了中國的儒家和道家的思想。

關於人的群體與個體的問題，存在主義可以說是肯定個體，反對群體。他們肯定了個體的主體性，來反對群體的客觀性，這是一個對立的感覺。中國哲學呢？肯定個體，也肯定個體的主體性，比如《中庸》裡講誠的觀念，講「誠者天之道也，誠之者人之道也」。誠是人真實性的把握，是人真實的經驗，是人與人相關真實的體驗，這是一種主體性。人與人相關有真實的體驗，這世界就存在，所謂「不誠無物」；如果人有誠的經驗，這個世界也變成真實了。同時我們透過誠，可以盡人之性，也可盡己之性，甚至盡物之性，跟天地合而為一，能夠發揮天地造化的創造精神，這也就是中國人肯定人的主體性。大學裡講修身、正心，也是從個人講起。至於道家，莊子談個人是從人基本的對道的體驗來談的，人因之也有自由的超越的經驗。這都是中國哲學與存在主義相通的地方。

我們承認存在必須是個體的，存在必須是一種主體性的。但中國人所說的個體與主體性，是跟群體和全體是相通的，這種相通是推己及物的相通。因為人與這個世界不相隔閡，可以溝通，人可推己及人，從小我變成大我，因此在存在的存字上面，擴大得很大。從人的個體存在，變成兩個人的存在，孔子講的仁，就是這個意思。仁字是兩個人站在一起的那種感覺；不是屬於我一個人的，也不屬於對方一個人的，而是屬於兩人共同有的。這種感覺就是和諧的開始。孔子說「仁者愛人」，愛人的意義是你跟別人可通情感的關切，把人跟人聯繫起來。從這個觀點出發，人從個人，到家庭，到國家，到天地，都可以合而為一，可以得到經驗上的感通與統一。這個群體與個體相通的思想，與存在主義是相左的。存在主義不講究這種溝通，可是也有存在主義哲學家提到這個問題，如卡繆，他認為每個人都應該對每個人負責。人是可以完全獨立的，但應該有對其他的人有責任感，這是存在主義開始了解的一種新境界。

人如何解救自己？

存在主義認為必須要靠上帝，人必須真誠勇敢的去生活，這是一種很了不起的精神，所謂能夠獨當一面，頂天立地。但這種精神需要一個上帝來支持。這一點，中國哲學裡是沒有的，中國哲學肯定人可解救自己。這種解救不是依靠上帝，也不是採取悲劇的精神，而是去面臨一切而不畏懼，並把自己本性實現出來，把自己潛在的能力表現出來，這就有了盡人之性，盡己之性的說法，也有了修身的說法，和講究格致齊治平的說法。在這情況之下，跟存在主義不一樣的是中國哲學沒有超越於人的上帝的追求，而是把人自己內在本性的實現，作為解救人自己的方向。

總結來說，存在的要求，是解救自己，是完成自己，中國哲學與存在主義都有這種要求，這是兩者相同的地方。其不同之處，在於其不同的表現方式及內容。

跟上述所說有關係的一點，是自由的問題。沙特認為人有絕對的自由，可以高興做什麼就做什麼，人完全可以對自己負責任，這是很勇敢的精神，不是不負責任的態度。有人誤會沙特濫用自由不負責任。實際上，沙特認為人有本性上的自由，並對他所作的行為，有絕對負責的能力。他的自由是與責任感相應的，人一方面有自由，可是另一方面由自由帶來的責任，人也不能逃避。逃避責任的自由，他叫做自我欺騙；所以他一方面肯定自由，另一方面他卻肯定擔當自由的能力，那就是責任。自由能負責，能承擔後果，這種勇往向前的精神，他是讚美的；是以沙特所強調的自由，不是放任，因為他同時強調責任感。

在中國哲學裡，這點比較謹慎，中國哲學也承認人有自由，人可以作一種選擇，可以做很多事情和活動。對於這點不管是儒家或道家，都是肯定的。但是這種人能選擇的自由的肯定不是沒有限制的。人必須在人性裡面去發揮自己的自由，這是中國哲學很大的特點。儒家中的孔、孟肯定人是性善的，認為人有一個基本的性，性就是自自然然去做好事情，在原始點就想做好事情。道家也是一樣，認為人有一個性，這個性一開始就需要找一個很純潔的，有赤子之心的個人的存在；老子講赤子之心，莊子講天生智慧，跟天地精神能夠打通的精神，這都是和諧的本性，是本體的善。這種善，中國哲學是承認的，要發揮這種善，才是自由，不發揮這種善，就不自由。逆性而行，自暴自棄，就變成罪惡的原因，真正想獲致自由，必須要盡性、把握自己、修養自己。

從上面觀點看，肯定自由，中國哲學與存在主義相同，而中國哲學肯定原始經驗中人性的善，卻與存在主義相左。

基於以上所說中國哲學與存在主義的相異點，我們得到下列的結論。

中國哲學並不絕對反科學，儒家講格物致知，正心修身，從而可知對這個世界有了解的要求。及至小程、朱子，他們求知的精神，基本上是與科學的精神相通，求得的知識是用來作為誠意正心修身齊家治國平天下的工具。這是對的，他們不把知識當作別的用處，而是用在人的上面，把知識跟人的價值並不看成相反。存在主義因受科學之害（西方文明也曾受到科學的好處），所以對科學採取相反的態度。因之齊克果批評科學根本不是真理，是一種虛幻，是一種假理，他的態度是極端的，與中國哲學不一樣。

此外，中國哲學肯定人可以與別的人發生聯繫，建立一種不同層次的存在。除了一個人個人的存在，還可建立兩個人的存在，除了兩個人的存在，還可建立家庭的存在，社會的存在，國家的存在，整個宇宙的存在，所以可以有一套完整的政治哲學。

這是一種頗具意義的觀察，何以許多西洋哲學都涉及政治哲學，而存在主義獨異其趣，不談政治哲學呢？在中國哲學裡，顯然可看出政治哲學與倫理學是很基本的兩種學問，因為中國哲學裡存在的經驗不一樣，所以它所表現的結果、內容、方式也就不一樣。中國哲學形成一套很完善的政治哲學與倫理學乃不是偶然的。存在主義卻極少有政治哲學。當沙特涉及政治哲學辯論後，他也就逐漸放棄了他的存在主義。

我們對中國哲學與存在主義作了上述諸端的比較與討論，最後的問題是存在主義對我們具有何種意義？我們應該對它採取何種態度？

存在主義從它的歷史淵源來看，可以給我們很多教訓。我們可從那裡面發現西方人心情的矛盾，以及在近代文明所發生的一些問題。我們今天一方面接受西方的東西，一方面還承荷自己的傳統，同樣的我們也面臨了很多問題。我們能夠透過存在主義，去了解這些矛盾、問題，作一個反省，避免它的極端性和其痛苦的經驗，這是我們可以有所收穫的一面。

第二點，存在主義對人本身做反省，對人本身做重新肯認，把人的存在，當作基本存在的出發點，這一點，我們應該記取。由於存在主義的發生，重新對人的存在及存在價值，作一深刻的把握。這種把握、這種回到人原始經驗的精神，是值得我們探究的。同時，由於這種精神所開發出來的創造性，也是值得我們去表露的。這種創造性是存在主義的特點。

存在主義的真誠性，也值得我們反省；每個存在主義哲學家都強調人不能欺騙自己，人必須面臨自己，不怕把自己所經驗的痛苦、罪惡、恐懼、無聊的情緒，大膽地暴露出來。雖然這引起我們不好的感受，但它有這種勇氣、真誠，是值得注意和欣賞的。

這種存在主義真誠的精神，與中國哲學中誠字的觀念是溝通的，雖然它因特殊的背景上的限制，所經驗的東西可能是負面的多。不過如果這種負面的經驗能作為刺激創造的力量，也許那也未可厚非。我們一面要提煉它的真實性，一面要了解它開創新生的潛力。

存在主義在西方哲學當中，引起了新的文藝的創作。它的表現方式，充實了文藝中人的內涵，這點值得我們去觀摩。中國哲學經過了悠久的歷史，限於某些固定的軌道，尤其囿於傳統文學裡面的「文以載道的理論」，無疑使文學的形式受到很多局限。假使我們把中國哲學的存在性發揚，把存在性正面的創造精神，豐富人的基本體驗發揮出來，那麼我們可以把我們文藝上的創作更豐富起來。這是從存在主義中得到的啟示，把它當作創作的力量，痛苦也好，恐懼也好，無聊也好，作為創造的淵源，都可發揮積極的力量。

最後我要強調：利用存在主義人的基本情緒的體驗，開闢出正面創造的精神，才是我們研究或了解存在主義最好的意義。在建立新的人生觀的努力中，我們可以發揮中國哲學中的存在性，正面的存在性，以彌補西方存在主義的缺陷，來解決人的基本問題，如價值跟知識的問題，人的目的性問題。如果我們能這樣做，我們今天面臨存在主義一定會帶給我們很多好的結果。

附記

這篇文章是由我作的一次公開講演紀錄稍作修改而來的。解說重覆，及缺少嚴謹的地方不少，但因所討論的中國哲學與存在主義的異同問題有時代意義，所以我歡迎三民書局刊印出來的建議。我希望有更多機會及有更多朋友來討論這個問題。

成中英附記一九七三年三月

國劇學理

俞大綱

我們首先討論中國國劇之所以在世界劇壇上有其肯定的地位，以及與各國戲劇不同的地方。

文化大致可分中西兩種，一種是西方文化所產生的各種藝術形式，一種是東方的。

西方文化大家接觸得很多，尤其近幾十年，西洋戲劇介紹到中國來，透過各種方式，為舞臺劇、電影等；雖然在這幾十年中間它的變動很大，但仍以寫實為主。東方的戲劇以印度作為代表，它多半屬於抽象。寫實與抽象的兩種藝術之中，我們中國的藝術，尤其戲劇部分，實際上是寫實的，然而表現方式卻是象徵的，是中西兩大藝術系統間不同之點。這不僅僅是藝術，即如中國的人生哲學，也是如此。

中國戲劇何以會有這樣的發展？中國文化主要的一點，是受儒家思想的支配，儒家思想的根據是倫理觀念。所以凡事皆以倫理的意識，倫理的感情為出發，來代替東方或西方的宗教的道德觀念，這是與西方文化很不相同的所在。

因為中國的道德以倫理為出發點，所以中國的戲劇特別強調倫理意識與倫理的感情，這也可以說是我們民族的意識，民族的感情。既然出發於倫理，也就是出發於家庭，出發於家庭，即成為寫實的背景。

第二點，中國的疆域非常的大，所謂「地大」，但是可供耕殖的地方並不太多，出產的糧食也不足，這與全國人民的生活有密切關係，「民以食為天」，可見影響之深。唯其如此，糧食常常有不夠分配的時候，所以可以說中國是個地大人多而物並不博的國家，因此中國人民在多少年以來，都是在很艱苦的環境之下生活。這種生活之下，他們必需磨練他們應付困難環境的意志。水災、旱災、或者兵亂，常使中國社會起很大變動，如何克服這些困難？那唯有依賴傳統的倫理道德，尤其講究忍耐、刻苦，此外是絕對去掉自私。我們知道中國戲劇中所歌頌的，多半屬於這一類人物，例如大難當前而能臨難不變等。因此，它內容的道德價值很高。即以世界劇的道德境界而論，也是無出其右者。

忠孝節義，不過只是抽象的名詞，但是在大變動的時候，所謂「疾風知勁草，板蕩識忠臣」的具體事實表現，卻由之而來。因此，這種抽象的名詞變成了普遍的道德觀念和民族的感情。這一點非常重要，我們都知道在戲劇裡，往往是兩方面人物的衝突，一方面代表善，一方面代表惡，善與惡發生衝突後，才有戲劇性。我們戲劇的最後結局，總是善有善報，這個「善」字，包括了我們的倫理意識與倫理感情，它超過一般法律及宗教意識之外，中華民族在如此悠久歷史裡，經受這麼多苦難，以及數度異族的侵凌，而仍能成為一個很偉大的民族，「忠孝節義」的倫理觀念是最主要的因素。

我們研究中國戲劇，必須先認識這一點。也就是說，我們在寫戲劇時，對善惡的批判的依據，當以我們的倫理道德作為準繩。

例如以《鎖麟囊》而言，它的劇情發展的重點在於一場大水災。一個人在水災來臨時，他平時所憑藉的財富已不足恃，在這種情形下，貧者可以變富，富者可以變貧，要在這個時候去表現人性光明面，得到很好的結果，只有不自私。這本戲的前半部是女主角如何送珠寶給貧苦的新娘，後來貧苦的新娘變成巨富，水災之後施財行善。這種意義代表了中國人在苦難之間，能夠發揚推己及人的美德。

旱災如趙五娘的故事，主要的部分在後面陳留郡的三年大旱，她的公婆沒有東西可吃，趙五娘能夠自己吃糠而讓公婆吃米，直到公婆死後她去京城去找蔡伯喈。這整個戲劇化的變動，就在旱災的一點上；戲劇的戲劇化變動，在平常的情節中進行，忽然有了突變，使你無法掌握你自己，不知如何是好，這是最戲劇性的題材，比如水災、旱災，就是這種突變的典型表現。

至於戰爭，題材更多，外侮侵凌使社會秩序大亂，那種極大的變動，不是個人可以掌握的。

中國戲劇就在這種種突變，表現人的光明面和人性崇高之處，這是中國戲劇最主要的一點。

中國的民主政治沒有建立以前，在君主政體下，一個人要在社會上建立地位，只有兩條路可走。文人必須經過考試中狀元，武人必須有外侮的侵凌，他才有效命沙場，捍衛國家的機會，而獲得社會地位。所以中國戲劇中，凡是文人，他一定在極窮困中苦學奮鬥，經過考試，才能得到他所要求的社會地位，武人則一定經過戰場立功；這些型態的戲，非常的多，文人例如蔡伯喈，武人例如薛平貴，可作為這兩類人物的代表。

這就說明中國在糧食與人口的比例上不能平衡，所以中國人必須要在有變亂的時候表現他的人格。因此，戲劇裡往往歌頌這些人物，許多戲劇的出發點，都在於此。而其主要的一點，在表揚倫理。

上面所說，是關於中國戲劇的內容，因為道德價值極高，所以與印度及西洋戲劇有別。

其實，印度戲劇也有其道德價值，不過它所描寫的都是神的故事，跟人隔離得太遠，不接近生活，所以不太戲劇化。

其次談到中國戲劇表達的方式。

我們在上面已經說過，中國戲劇多半是用象徵手法，而它的取材，卻是老百姓生活上真正遭遇到的事情，所以它是寫實的，然而在表現上，是象徵的。

因為中國的窮苦，中國人要求在戲劇上的結局，不一定在人世間可獲得的；所以中國戲劇，很多都是大團圓。有人批評中國戲劇老是這麼一套，沒有真正的悲劇；這個說法，我們暫不置評，只是我們覺得他並不明瞭剛才所說那種中國戲劇所產生的實際背景。

我們也可以說，因為中國人的生活太苦，在人世間得不到的東西，希望在舞臺上獲取滿足，這就是所謂補償作用。

還有一點應該特別提出來的，中國人相信，只要能掌握人性，有極深刻的感情，就可感動自然界，而能給予自己某種補償，這補償也不一定要在他有生之年。這類昇華了的感情，往往造成本身固然是悲劇結束，而其精神，則是喜劇的；尤其在處理戀愛方面的故事，更是如此。

比如孟姜女的故事，她的丈夫在苛政下被征去修築長城而死，她去尋找他的遺骸，因為她至誠感天，哭倒了長城，把哭出來的血滴在骨頭上，溶入骨內。這當然是不科學的。但它是藝術，是以藝術來補償人間的悲劇。

《梁山伯與祝英臺》的故事，是東方的《羅密歐與朱麗葉》，一對青年男女，因貧富懸殊不能結合，以致殉情，最後是雙雙化成蝴蝶，非常的藝術性、戲劇性，使看戲的人心裡感到安慰，這是人性的昇華。

又如《再生緣》，今生今世雖不能成為夫婦，到第二世再結連理，這當然受到佛教的影響。

所以中國戲劇，不是沒有悲劇，而是在悲劇裡把感情昇華，使其藝術化，超脫一切限制，得到補償。這就是中國戲劇出發於倫理感情，也就是民族的感情，來處理劇中人物；也可說是中國人的人生觀透過戲劇，作為一種教育。

我們都知道中國的方言，各處不同，但是各地戲劇的材料，差不多都是一樣。如《梁山伯與祝英臺》的戲，到處都有，故事不變，小的情節或有不同。我們可以這樣說，儒家的經典如四書五經，再次一等的如《三字經》，只是透過文字，真正懂或者有時間來看的人並不多；而中國之所以能團結，語言、風俗、習慣如此不同，卻有共同的意識和感情，戲劇發生了最大的功能。因為全中國戲劇的題材一樣，道德觀點，如何補償劇中人，補償觀眾，都是一致的。儘管它的語言，腔調有異，但其故事、結構、結局、與劇作者的裁判力量，出乎一轍。唯其如此，中國戲劇功能，已超過文字。

以劇中的文人來說，我們用民族感情、民族意識創造的民間最崇拜的人物——包公，成了舞臺藝術的形象，把他的人格通過舞臺，黑臉上畫一個陰陽圖，表示他陰間、陽間的事都管，他的正直不阿，不畏強權，平反冤獄，中國人認為這是文人最高境界。我們知道對中國文化最有貢獻的孔子、孟子，我們都不知道他的形象是怎麼樣；中國人一向不太注重形象，畫一個古人，說是孔子也可以，說是孟子也可以，但是包公則不然，如果不把他畫成黑臉，就不成其為包公。

再如武人中的關公，以紅臉表示他的赤誠；綠衣紅臉，非常美，這就是舞臺的藝術形象。

包公與關公從演義小說而來，也就是出於民間的，經過了舞臺的形象，使它有這樣大的力量；可以說是民間的道德，情感意識，通過藝術化，給予形象，使全中國的人都受它道德的影響，這是中國戲劇最大功能。

代表中國戲劇的是平劇，有人以為應該把平劇改稱國劇，這個問題與我們今天所要討論的無關，我們暫時不談。

平劇的形成，不過一百多年的歷史，它在清季乾隆年間正式的結合了各地方的聲腔，變成一個非常統一而有完整體系的平劇，所以平劇的來源，最主要的還是從地方戲而來。我們知道它是北方的梆子與南方的二簧，結合而成；平劇以前，明朝的傳奇南曲，也就是所謂崑腔戲，再以前是元朝的戲，就是雜劇。

有一點，研究戲劇史的都感到很奇怪，每一個國家，它的藝術形式，如舞蹈、音樂、雕刻、戲劇等表現藝術，戲劇都開始得很早，希臘、印度都是如此，只是中國的戲劇，開始得較遲。中國其他各種表現的藝術，都有很高的成就之後，才產生戲劇；當然，它之所以如此，有很多理由，因為時間關係，我們無法加以一一討論。

中國之有戲劇，中間只經過三次的變動，就是元朝的雜劇、明朝的傳奇，和後來的平劇。

它為什麼會變？知道了它為什麼會變以後，我們可以推論以後它將會發生一些什麼變化。

我們先以最簡要的方法來討論元朝雜劇。

元雜劇的結構，每一齣只有四折戲，最多加一個楔子；楔子不在四折裡面，是劇情不夠時另外加的。以現在的眼光看，它很合理，演出的時間，不過是兩個多小時，這是它第一個特點。它的第二個特點很奇怪，它只有一個人唱，老生或者旦角，其他的人只有白口而不唱。它的規格非常嚴，一定要守這個形式；到了明朝之後，限制放寬，不規定折數，唱也不止一人，針對元雜劇，加以改革。

但是明朝的戲劇也有缺點，戲太長，一天看不完；因為戲要求長，有的情節是硬生生插進去的，以致有些折數沒有延長的價值。結果，每齣戲只賸下幾折最好的，這些戲現在還能唱，如《牡丹亭》、《春香鬧學》、《遊園驚夢》等。觀眾如果明瞭整個故事的話，還能知道所看的幾折戲的前情後果，不明瞭整個故事的觀眾，則對所看到的幾折戲的來龍去脈一無所知。

到了平劇之後，雖然戲的長短兼備，但仍然有其缺點，它對整本的戲的處理，並不完美；反而單折的戲，倒更見出色。如《紅鬃烈馬》一劇來說，唱單折的很精采，連結起來之後，中間有很多地方不太銜接，不太合理，從前是唱整本的多，後來分開唱單折的逐漸增加。

平劇與崑腔和元雜劇不同之點是唱詞改動了很多，平劇的唱詞是十個字或七個字的句子，而不是唱曲牌。曲牌的音樂有嚴格的規定，不會變，工尺都不能變。所以崑曲的戲不變，平劇戲老在變；因為老在變，不是全部的唱，如某名角唱這齣戲，改一改，前後就不對了。

上面所說的是中國戲劇三個主流，但並不是說，那個時候就沒有其他的戲了；比如我們今天有平劇，但各地的地方戲仍然存在一樣。

中國戲劇的主要成分，一是它本身即為詩體，它是詩的組織，不論是長短句子，或整齊的句法，有韻腳，試以平劇的劇情而論，也較以前進步，活潑，能改，就是進步的現象。但是在音樂方面，卻又當別論；這話分兩方面來說，凡是音樂，它唱的地方，製曲的先規定用哪一個調，如崑曲上的六字調等，你必須要有那個嗓子才能唱，不能把高的調門改成低的調門，或把低的調門改成高的調門。平劇則不然，它以嗓子作準，高低皆可；這是退步，講真正音樂應該以絕對音為準。

其次在旋律方面，崑腔的旋律變化很多，各曲都不同；平劇的旋律卻很簡單，這也是退步的現象。反過來說，在戲劇的功能上，平劇表達戲中人思想感情，超過崑腔。平劇就音樂講是退步，但唱法比崑腔容易把人物凸出。

元雜劇在音樂方面，是用琵琶或三絃伴奏，它有好處，也有壞處。好處是音節很碎，但唱腔太長就不太好聽。崑腔就不是以彈樂器為主要伴奏，而以笛子伴奏；笛子的好處是可以吹得很長，一個音符可以延續下去。每種戲劇的改正，必定是針對前者的缺點；往往開始時很好，漸漸受形式的局限，反而變成了本身的包袱，所以一定要變。但到平劇，就變成拉的音樂，比吹的音樂來伴奏要好一點；因為吹的音樂音符長短，須視一個人的氣口多長，然而胡琴就不受這個限制。同時胡琴能快能慢，雖不能若彈樂器那樣碎，但碎弓子仍有可取之處；也可跟著演員合式的音高而定調。

平劇到了現在，已經打破很多成規，能建立一個完整的系統，可用笛子伴奏，也可用三絃伴奏，只是以胡琴為主而已。平劇的音樂的旋律並不複雜，但它容易表達劇中人的思想與感情，因為它的唱腔旋律，能接近語言；它愈接近語言，節奏愈快；凡劇中敘事的，多半用快板流水，抒情的多用慢板，如反二簧，西皮慢板等。抒情與敘事，並列一起，就變成戲劇的最高功能。

所以編劇並不是很容易的事，並非想什麼調子隨便選什麼調子就可以了。你必須看用什麼節奏，用什麼旋律，在什麼時候應當唱，唱什麼調，這些對編劇雖不成文，但關係很大，以前的音樂，是先慢後快，尤其是崑腔的南曲更是如此；所以中國的舊戲，即平劇也是這樣，很接近南戲。

所謂南戲，也就是明朝的戲，明朝的戲大多先有引子，後面唱很慢的曲子，愈來愈快，凡是典型的，傳統的戲，幾乎都是這樣。例如《四郎探母》的坐宮，它就先打引子，接著楊延輝唱得比較慢，後來愈來愈快，快到最後成為尾聲，如引子一樣沒有板；南曲的結構就是如此，就是古曲音樂，也都類似這樣的形式。

在這裡我們還要強調一點，平劇的音樂接近口語，因為它接近口語，它就接近生活。平劇本身也分層次，戲裡交待劇情，或者刻劃一個人物，唱與唸同樣的佔了重要的地位；最接近生活語言的是京白，如舞臺下面一般人所說的話，只是稍為有一點不同之處，不同的地方，就多了一層音樂化。其次是韻白，再其次節奏較快，如快板、流水，再上去是二六、三眼、慢板，愈來愈慢，愈慢則愈音樂化，愈音樂化也就愈脫離生活。相反的愈接近口語化，愈接近生活，愈接近生活，戲劇成分愈濃。所以在編戲時，凡是好的戲，一定合乎這個原則。

戲劇雖然是反映人生，或是描寫人生，但有的時候，要與生活有相當程度的隔離，使它藝術化。它在什麼時候應當接近生活，什麼時候是抒情音樂，完全在乎寫戲的人設計與音樂家的合作。

平劇不但是唱與唸，它在音樂的配備上，也就是唱腔如何結合音樂，也達到了很高的境界。它的音樂不僅在乎唱的時候伴奏而已，尤其在動作上，表達劇情，創造氣氛，特別是文武場中的武場，關係實在太大，武場不單控制節奏，它不論是大鑼、小鑼、鈸，製造各種氣氛，製造各種效果，甚至在唱的時候，中間忽然來一下大鑼，或者忽然來一下小鑼，它的作用，好像我們行文時的標點。

我們時常聽到有人說，平劇的敲擊樂器用得太多，太鬧。但是平劇沒有敲擊樂器，恐怕中國戲的風格，將失去它最大的一部分的效果作用。敲擊樂器對於平劇的烘托劇情，製造氣氛的重要，可說已到了極其完美的地步。

東方戲劇是由音樂、舞蹈、詩三者結合而成。我們已經討論過音樂，現在來談談舞蹈部分。

舞蹈也就是動作，或者也可說是身段，它的原理、原則與我們剛才所說音樂部分差不多，有一種動作，是日常生活的動作，這就很接近生活。比如小丑走路跟我們平常走路時相似，除非這個丑角在戲裡因身分，教育成分的關係，他的臺步與動作才有不同之處；普通他們所扮演的多為市井小民，與日常生活中的人無異。身段加點舞蹈的成分，就如唱腔中加點音樂的成分一樣。

同為一類的腳色的臺步不同，這不同也有生活的根據，或是年齡不同，或是身分不同，加以舞蹈的動作。特殊的情況，如武戲，很多用舞蹈的動作來表現，這就與日常生活不同了，更為藝術化。再高一點，比較更接近純舞蹈；如天女散花的調舞，霸王別姬的舞劍，還不能稱為純舞蹈，因為它必須合乎故事的劇情，純舞蹈有時不必要表現什麼東西，不是表現情況，而平劇中的舞蹈，多半是因劇情所需，與劇中其他一切表現是統一的。

今天我們的民族舞蹈，單把舞劍這一段拿出來，並不好看，究竟它不是純舞蹈。但在戲裡就不需純舞蹈，如果著重純舞蹈，那就變為外國的戲了；如芭蕾舞，只舞而不唱，要唱呢，就是歌劇，完全唱，動作很少。他們不把舞蹈跟歌唱結合在一起。

平劇中的舞蹈，意境也算很高，現在從事民族舞蹈的人，沒有十分能夠了解這一點。比如這種舞蹈都是道具舞蹈，但是道具用於舞中有其不同之處像舞劍，劍是銅鐵做的，硬性的；像翎舞，翎雖也是硬性，然而本身是軟的，它能顫動，而劍就不能，舞法不同。道具就等於是舞蹈者本身肢體的延長，能把道具的特性，用美的方式表現出來，這是很不容易的事，所以我們可以說，現在的民族舞蹈是生吞活剝的把平劇中的舞蹈拿去，並不能發展出純舞蹈來。

反過來說，平劇中的舞蹈，如武戲中的刀槍，它的長或短、形式，它都能配合劇情、音樂、動作，而變成很美、很和諧，這就是中國戲劇舞蹈的特點。我們所說的無聲不歌，無動不舞，實際上並不難，幾乎所有的戲都是這樣的，要能夠做到歌與舞，適切的配合劇情，才比較困難。

平劇的表現的體系，是歌與舞，也就是動作聲音，如何應用，如何能配合在一起，使其和諧，這是任何外國戲劇所忽視的。

有很多人認為平劇不太科學，所謂不科學，是我們沒有把科學的方法去分析它，其實平劇所有的動作和唱，都是有科學根據的，那完全是研究生理和心理的結果；它在生活中抽出這種從生理與心理研究中所得來的結果，而加以表達出來。它的動作，都是表現平常生活中生理與心理中的某種狀況，只是加上美化而已。

平劇的手勢，更值得我們注意，手勢在東方最了不起的，用自己的肢體表達美的姿勢、特別發達的部分；西洋人美的姿態發展在腳，手部不太注重，不論是平衡，或肌肉控制雖也用手，但表達卻偏重於腳。東方人則反之，不僅在戲裡面，即以雕刻藝術中的佛像而論，佛像最主要的是靜和莊嚴；其實莊嚴即靜，動的東西很難稱為莊嚴。如果完全莊嚴，就會變成死板，不會引起人靜中的動感；佛像中的各種手勢，看的時候並不注意，但手勢一出現，整個佛像就變成活的了；還有佛像的衣褶，也能使人產生靜中的動感。

中西戲劇還有一個很重要的分別，中國戲劇往往在動中忽然出現靜態，如演武戲時，滿臺都在纏鬥，忽然鑼鼓一停，大家就擺定姿勢，就整體而言，每個的姿勢，是一種很美的組合。西洋戲劇中很少有這種情形，現代的電影中，卻常見這種手法；中國戲劇中這情形是常見的，有如天空中一群飛鳥，十分壯觀，然而無法使之靜止不動而讓人欣賞；中國戲劇就可以這樣，各人的姿態，眼神，完全表現出了動中之靜的美感。

東方舞蹈最有名的是由印度系而來的泰國舞，手勢極美，中國戲劇也十分注重手勢，不論是靜的、動的，手的擺法、動法，十分的美。

中國的手勢，不僅在戲劇的運用，道士唸咒語時，就有手訣，黑社會中暗語亦用手勢。而戲劇中，手勢與身勢，有同樣的重要。這是中國戲劇因手勢而產生美感，與外國戲劇不同之處。

有人會問，平劇到今天，是否是沒落了？

個人認為每一種戲劇的形式，它是可以沒落的，這並不足以為奇。即以中國戲劇的發展來說，從元朝到明朝以迄於今，從前的戲已漸漸淘汰，平劇到現在，是在撐最後的危局。

凡是一樣東西到最圓滿的時候，就是它死亡的時候，我們覺得平劇的的確確在表現體系上，已經到了圓滿的地步，它應該是沒落的時候，問題是我們有沒有新的東西去代替它。個人相信，將來必有新的歌劇，將平劇的地位取而代之，不過現在談這問題為時尚早，因為凡是一種音樂，能落到戲劇裡面去，這音樂一定是要發展到很高的境地才行，我們中國新的音樂，雖有很多人在努力，但還沒有到達完全能將民族性的完美的音樂表現出來。

其次，戲劇必須有動作，也就是舞蹈，我們的舞蹈，比音樂差得更遠。舞蹈的造詣，可以說還很幼稚，連小舞臺劇的舞蹈都無法勝任，就絕無辦法另外創一個舞蹈可以足為新的歌舞劇。

由於新歌劇不能即時出現，平劇勢必延長其壽命，因為平劇的傳達感情思想，透過它一套表現的體系，仍然十分美好，還可以運用，只是它的內容不行；如果我們能加強它的內容，平劇還能支持下去。它的形式是美好的，我們還可以利用它的形式，表達以前沒表達過的內容。

我們覺得現在平劇的故事不太合理，這裡所謂合理不合理，不是普通的講法，也不是說平劇不寫實。實際上，藝術不一定是寫實，也就是說，假才是藝術的真，與真不同，即為藝術的真。可是使人對它的故事劇情心悅誠服的進入戲劇中去，結果變成兒戲一樣，這種情形儘管可以去掉它。因此，故事合理化，實有其必要；這裡所說合理，不是俗套上合不合理，而純是藝術上的。

其次，平劇的戲太長，在開始的時候，演員還能全本的唱，過後他們只挑戲裡最有戲劇性的演唱。經過很多名伶演唱，也就變成舞臺精品，再把整本的戲湊起來，就變成不能看了，我們現在以編劇的眼光來看，可以把情節使其完整化。戲劇裡包括很多東西，人物的性格，各種情況的處理。

還有平劇最弱的一環，是文學太差，其欠通幾至惡劣的地步。現在在戲院或電視上打字幕，固有其好處，但也暴露了平劇的弱點，這一弱點，因為清代演員的社會地位不高，文人學士不願參加進去；音樂亦以民歌為主，不如崑腔必須音樂家與文學家合作，才能產生，可是不戲劇化，不接近生活。平劇固然已戲劇化，已接近生活，但唱詞太差，這就是因為文人學士未曾參加這行列的緣故，現在的情形不同，因有心之士，都在注意這個問題了。

平劇如能故事合理化，情節戲劇化，臺詞文學化——不必若崑腔之高雅，雅俗共賞即可，沒有多餘的角色和廢話，就合乎文學要求。這樣的話，平劇還有生路可走，以期待新歌劇接替。

平劇的音樂固然不錯，也可以說它的表達力量，超過現在保存下來戲的內容，如果再要求高一點，就會有不足之感，一是要加新的樂器進去；這新樂器我們不敢斷定是外來樂器或者是中國樂器，但最主要的，要表達的必須是民族的。

平劇不是沒落，而是在乎大家的努力，無論是編劇、音樂，最重要的還是演員；演員如能接受各種新的意識，平劇仍有一段美好的時期，以等待新歌劇出現。我們政府用了很大的力量在保存平劇，這二十年來平劇進步是有目共睹；不過我們還有一個遠大的理想，待大家努力爭取。

我們相信即使新的歌劇出現，平劇也不一定會沒落，它必將受到國家的保護。

臺灣光復前後的文藝活動與民族性

黃得時

我們談臺灣光復以前的文藝活動，要分兩部分，一為舊文學，一為新文藝。

我們先討論舊文學——

自從「五四」新文學運動以後，國內一般人認為舊文學已經失去其價值，已經成了一種死文學。但是就臺灣來說，情形並非如此；毋寧說，它的存在有著特殊的意義。

大家都知道，本省各地大都設有詩社和吟社，這都是作舊詩的團體。最盛的時候，多達一千多個；單就臺北來說，就有五六個詩社。南港、松山、基隆、板橋、桃園、樹林、鶯歌等地，也都設有這種詩社和吟社。因此，不談臺灣光復前的舊文學則已，要談，必須談到舊詩的問題。

臺灣舊詩的歷史已經很久，大約三百多年前，有位沈光文，就是臺灣詩社的開基祖。光文字文開，一字斯庵，浙江鄞縣人，明季貢生，桂王時，官太僕寺卿。很有學問，詩做得非常之好。有一次他坐船出海，遇上颱風，船被漂到臺灣南部，登陸以後在臺南一帶教書。那時鄭成功還沒有到臺灣來，卻有很多明室遺臣、遺老，已經渡海定居島上；光文就與這些遺臣、遺老組成了一個東吟社，這個東吟社，就是臺灣吟社的濫觴。因此，光文被推為海東文獻的初祖。著有《花木雜記》、《古今體詩》及《文集》等。

鄭成功入臺後，久慕光文的文名，延攬到幕府裡擔任文書方面工作。康熙二十二年，清室統治了臺灣，從那時到日本割據為止，已有兩百多年之久。這中間，島上中國文學的發展，也只有詩而已。

在那個時期的詩人，可以分成兩類，一類是從大陸來臺的官吏，這些人，大都對詩文都有很深的造詣，另外一類是在臺灣出生的詩人。

馬關條約之後，日本竊據臺灣五十年中，詩人輩出，詩社、吟社的設立，並未受到影響，不過事實上，一如我們在上面所說，臺灣的舊詩，在精神上與大陸的舊詩，不盡相同。

日本人把臺灣當作一個殖民地，將本地人視為殖民，在那時的法律上，本地人雖然算是日本國民，然而人心思漢，恥為日人，由於馬關條約的訂立，又無力改變環境，因此在心理上，充滿了抗拒日人的意緒。然而由於日本人管制得很厲害，這種反抗意緒，無法在行動上表現出來，只能在詩裡面表露出對祖國的懷念的熱情。

日本人也知道臺灣文人好為詩文，所以派來的總督、或總督的幕僚，都對漢詩有相當研究。他們用懷柔的政策，每年有一次或者兩次，由總督發出請柬，邀請臺灣的詩人，到臺北現在改為賓館的地方開會，出題目要大家做詩。這不過是日本借著做詩的名義，籠絡臺灣文人；但是臺灣的文人接到請柬，雖然不能不去，不過去了也是隨便做一兩首詩，應付他們。詩人們回家之後，在出版詩集時，就把那些應酬的作品，全都刪掉不用。

我們可以從那時詩人們所作的詞句中，去了解他們的心情，比如他們喜歡用故國、神州、九州、華夏、禹域等，都是充滿了眷念祖國之熱情的字眼。

日人竊臺之初，偏重政治，對文人做詩不太注意，他們認為做詩的人，對政治不能發生什麼力量，所以對詩採取放任的態度。到後來，才慢慢開始注意到了這件事情。

大概在民國成立的前後，臺灣詩社、吟社很多，這些詩社吟社中，以臺北瀛社、臺中櫟社、臺南南社最具實力。臺中的櫟社曾把社員的作品編成集子，印行《櫟社第一集》。沒有受到日本政府的干涉，後來要印第二集時，就發生問題了。第一集是民國十三年印的，第二集是在民國三十年，付印中被日本政府查禁。這說明了日本人已感覺到舊詩對他們統治的威脅性，所以予以查禁。這也是臺灣詩人們第一次所受到的迫害。同時也是臺灣詩史上，光榮的一頁。

從這一點，我們可以看出臺灣的舊詩中，民族性是多麼的強烈了。這就是我們在前面所說的，臺灣的舊詩中所具有的特殊意義。

《櫟社詩集》的第一集中，我們提出其中兩句，就可以明白那時候的舊詩，是如何的富於民族意識了。

臺中林獻堂氏詠〈滬尾〉（淡水）有兩句詩：

江海茫茫何處好
神州吾欲御風歸

這是描寫林獻堂佇立淡水海邊，遙望大陸時的感觸，文字中流露出對祖國的渴念。

像這樣的詩句，在第二集中比比皆是，可惜正在印刷廠付印時，就被日本人全部沒收了。

近代的舊詩究竟有無價值，這是另外一個問題，但臺灣的舊詩，至少有幾個目的在裡面。它可以說是消極的抗日，至少在做舊詩時，我們可以陶醉於中國文化中，因為用的文字是中國文字，做詩的方法是中國舊詩的方法，所以它對日本文化有著強烈的對抗性。第二，做詩的人，必須多讀古人的作品，因此，也可多吸收中國固有文化。

以整個的情形來說，很顯然的臺灣舊詩的發展，與大陸上「五四」運動以後對舊詩的看法，是不一樣的。

本省舊詩的傳統，一直到現在還很盛行，各地的詩社、吟社，還是照樣的存在，比如每年到五月五日端午節，九月九日重陽節，詩人們就聚集一堂拈韻做詩。

也許有人懷疑臺灣舊詩的水準不高。然而詩是個人思想、感情、個性的綜合表現，很難說有個什麼水準。光復以後，大陸有很多對舊詩有研究的老前輩來臺灣，與本地詩人互相吟詠，可以看出兩者的水準，並不相上下。

在那個時期中，除舊詩外有沒有文呢？

文是有的，卻無多大價值。小說與戲劇，尤不足道。

因此，舊詩涵蓋了臺灣光復前整個文藝了，或許是因為只有詩，才能真正地保存中國固有文化，同時也只有通過詩，才能表露出抗日的思想與感情。

其次，我們再來討論臺灣光復前的新文學發展情形。

臺灣新文學的發展，開始於民國十年左右。那時候，有一部分本地的青年到日本去留學，他們在日本接觸到種種新的文化，其中有的就感覺到應該替在臺灣的同胞做點事情，不能單以一己的立身處世而求學，跟民國初年出國留學的中國青年一樣，有著遠大的抱負，準備學成回來，獻身於自己的國家；那些留日的本地青年，也同樣有著這種氣魄。同時，第一次世界大戰結束以後，世界政治傾向於民族自決，因此，在東京的部分留學生，得風氣之先，倡議辦一份《臺灣青年》的雜誌，是月刊，創刊於民國九年七月十六日，一直發行到民國十一年二月十五日，前後出了十八期，都是在日本東京印刷。當時，這本刊物並不分什麼文學、政治、經濟。它的目的，純粹是想給臺灣同胞得到新知識，提高他們的水準。最要緊的一點，是想告訴大家如何反抗日本人的壓迫。可以說是一種綜合性的文化和社會運動的刊物。這裡面的文章，大部分是用中文寫的。有的是用日文寫的，這是由於部分留學生之中，中文程度不高，無法用中文表達他們的思想而來的。

到了民國十一年四月一日，《臺灣青年》改名《臺灣》，從那一年開始，發行到民國十三年五月十日，一共出了十九期。這份雜誌的內容，用白話文寫的比較多；那時，正值祖國「五四」以後不久，留學生們為了響應祖國的新文學運動，以白話文代替文言。黃朝琴先生就曾在《臺灣》裡面，撰過〈漢文改革論〉，還有一位黃呈聰先生也在東京鼓吹普及白話文。這本雜誌受到大陸新文化的影響，以白話文發表很多含有民族思想的文章，但還沒有人嘗試以白話文去撰寫文藝作品。

《臺灣》雜誌社於民國十二年四月十五日，創刊《臺灣民報》半月刊，與《臺灣》並行。內容全為白話文，裡面沒有日文。文章的性質多屬社會運動，政治性很強烈，批評臺灣總督府對同胞的迫害，例舉很多日本警察凌辱老百姓的事實。這份刊物，是在東京印刷發行，由日本內務省檢查，因為裡面登載的是地方事件，內務省的檢查尺度較寬。但是刊物由海運寄到臺灣後，必須經過總督府警務局檢查，把刊物剪掉很多，一本刊物只有二十多頁，有時剪掉之後，僅賸下四、五頁，甚至一年裡面有好幾期被查禁。

在那個時期的刊物，重大的意義，不僅僅在於推行新文學運動，而是偏重於民族自決運動的鼓吹。從政治、經濟、教育等角度，培植抗日歸宗的民族思想。

由《臺灣青年》到《臺灣民報》的過程中，新文藝也漸漸的抬頭了，在《臺灣民報》中，每期都有幾篇小說。不過，這些小說的素材，大半是日本人欺侮本地同胞的事實，或者是對本地的風俗習慣的改革芻議。所以就其主題而言，乃以仇視和反抗日本人，以及提高同胞的生活水準和迎接新的潮流為中心。從整個文學型態來說，還沒有到達我們今天所說的純粹文學的境地。

上面所說的，是民國九年到十六年的七年間，臺灣新文學運動在東京發展的經過。

民國十六年八月，本來在東京發行的《臺灣民報》遷到了臺灣。

我們在上面已經談到這個刊物，深受臺灣總督府的干擾摧殘，但是根據他們的「法令」，是不能取締這刊物的，只有分派日本警察到刊物的訂戶家裡，作語言上的威脅和勸阻，因此，訂戶也愈來愈少。《臺灣民報》遷回臺灣，直接受到總督府的監視和控制，言論方面沒有像在東京發行時那樣的自由了。

不管怎樣，這類富有民族意識的《臺灣民報》，有總比沒有要好。這些本地知識青年，在虎視眈眈的日警監視下，能繼續發行《臺灣民報》，他們的愛國精神，是值得讚許的。

這時，《臺灣民報》已由半月刊改為週刊，除了介紹新的思想、新的知識之外，還是用種種方法，間接或隱密的鼓吹民族運動。

民國二十一年四月十五日，《臺灣民報》由週刊改成日刊，每天發行早報及晚報，名稱也改為《臺灣新民報》，成為正式的報紙，基金是由募股而來的，報社地點就是在現在北門附近美國大使館隔壁。一直到民國二十六年大陸抗日戰爭爆發為止的六年間，可以說是臺灣新文學運動的巔峰時期。

那時《臺灣新民報》每日出兩大張，一半是漢文的白話文，一半是日文；副刊也是如此。由於副刊每天都有一定篇幅刊登文學作品，因此，促發了一般青年對文學寫作與欣賞的興趣。我們也可以這樣說，臺灣真正新文學的肇端，還是在《臺灣新民報》發刊以後。

就在這個時候，有很多雜誌，也應運而生，這些刊物都是同仁雜誌，由一些興趣相投的青年人自掏腰包，出錢印刷發行。可以想像到，這個樣子的刊物，是維持不了多久的，所以雜誌雖然很多，壽命都不太長：像《五人報》、《明日》、《現代生活》、《洪水》、《曉鐘》、《南音》、《第一線》、《先發部隊》等，如雨後春筍般相繼出版，不過能發行一年以上的很少，大半是三五期後，就無疾而終了。造成這種原因，都是基金不足。因為這些刊物都是贈閱，不賣錢，出版的目的，也只是企圖推廣和喚起同胞對新文學的認識。

民國二十三年五月六日，在臺中開了一次全島文藝大會，各地的文藝愛好者都出席了。也可以說是把以往各式各樣的雜誌匯合在一起。這個會，由於《臺灣新民報》的支持，開得非常成功。日本警察十分注意這件事情，他們怕會引起大的問題出來，將各地的專門管制思想的高等警察，也就是所謂「特高」，集中臺中，以便隨時抓人，可是那一天並沒有發生任何事情。

會中決議成立「臺灣文藝聯盟」，並決定由聯盟方面發行《臺灣文藝》雜誌。

《臺灣文藝》從民國二十三年到二十五年，一共發行兩年，出了十五期，它的內容一半是用白話文，一半是用日文寫的，包括了新詩、小說、戲劇。

在這本雜誌的發行中間，也就是民國二十四年，另有一本《臺灣新文學》的刊物問世，它發行到民國二十六年，一共十四期。這兩種刊物，是純文學性的，培養了很多作者，對臺灣的新文學發展，有很大的影響。

所以今天我們談光復以前的文藝活動，應該從民國二十一年《臺灣新民報》發刊開始，接著便是《臺灣文藝》、《臺灣新文學》，為文藝活動的中心點。

「七七事變」爆發，日本速戰速決的幻夢破滅，戰爭變成了長期性。民國二十九年，在日本本國成立了「大政翼贊會」，這個會很具規模，他們解散了所有政黨，勢力宏大，控制了日本的政治、經濟、教育。臺灣總督府為了配合「大政翼贊會」，成立「皇民奉公會」，它的目的，是幫助總督府推行「皇民化運動」。

日本統治臺灣五十年，把臺灣當作殖民地，在「法令」上，臺灣同胞是日本國民，但是，事實上到處受到歧視。一直到戰爭開始，本地人都不用當兵，因為在他們眼光裡，本地人不配做他們的「國民」。後來因為戰爭的需要，他們才改變觀念，想把本地人改成為「天皇統治下的人民」，這就是所謂「皇民化運動」。

這運動開始時，日本處心積慮的用好幾種方法，企圖「同化」我們的同胞。

有一種方法是所謂「國語家庭」，這裡所指的「國語」，自然是指日本語言。假使全家人，天天都說日本話，就可以在門口掛一個「國語家庭」的牌子，做事情比較方便，還可得到一份與日本人等量的實物配給。日本人的孩子與本地人的孩子讀的學校也不一樣，日本孩子進「小學校」，本地孩子只能進「公學校」，兩者之間的師資與設備，有很大差異；而「國語家庭」的小孩子，可享受進小學校的特權。日本人的企圖是很明顯的，他們希望本地人能夠忘記自己的中國話。

第二點，他們想消滅本地人的祭祀祖先的習慣。本地人都是中國同胞，他們要使本地人忘記自己祖先，要大家「太廊奉齋」，「太廊」就是日本的神話中的先祖「天照大神」。本地人在正廳中供奉的除了祖宗牌位之外，還有觀音、媽祖、關公等神像；日本人認為本地人看到牌位和神像，就會想到自己是中國人，所以凡是祖宗牌位以及中國神像，一律不准懸掛擺設，必須供奉日本神祇。每家正廳之外，要設日本式祭祖先和祀神的「神棚」。顯然，他們是要讓本地人忘記自己是中國人，在宗教信仰和祭祀方面，強迫的使其日本化，以達到「皇民化」目的。

跟這相關的，是拆掉寺廟。因為寺廟中所奉祀的神，都是中國的神，日本人認為本地人到寺廟去拜拜，就會聯想到自己是中國人。他們為了要消滅本地人這種觀念，必須拆毀寺廟。這種行動，在新竹一帶進行得最劇烈。雖然在他們的淫威下拆去寺廟，可是地方上的善男信女，依然在夜間到寺廟廢墟上去祀奉。可見宗教信仰和民族性，不是依賴政治壓力所能扼殺的。

此外，在風俗習慣和日常生活，他們也鼓勵使其日本化，要穿日本式的衣服。鄉下的日本警察看到本地人穿中國式衣服，就用剪刀把衣服鈕子剪掉。

第三點是改姓名運動。本地人的名字與日本人不一樣，為了「同化」，強迫本地人改姓名。

中國人的姓氏，以單姓佔多數，日本人剛好相反，他們是兩個字的居多。因此，他們要本地人改成兩個字的姓。在他們的改姓條例中規定，用什麼姓可任由本地人自行選擇，只要是兩個字，看起來像日本人姓的樣子就可以了。

中國人的姓是祖先傳下來，不能隨便更改，這是對祖宗的大不敬。然而在日本人壓迫下，不得不虛與委蛇，尤其是一些任職公教的人，不改姓就有立刻被免職的危險。

姓是改了，但是都在保持姓氏的血統和精神下，去選擇日本式的姓氏。

這是一件很有趣的事，也可說明中國文化的廣博與深奧。

比如姓「呂」的，在強迫改姓後，改成「宮下」，那是因為「宮」字的下方，有「呂」字。又姓「石」的，改為「岩下」，因為「岩」字下方，有「石」字。此外，姓「黃」的，改為「廣內」，因為「廣」字內面，有「黃」字，諸如此例不遑枚舉。其他，姓劉的改成「中山」，因為三國的劉備，是中山靖王的後裔，劉字雖然改成「中山」，依舊保留了本姓的源流。姓魏的改成「大梁」，春秋戰國時代有一個魏國，魏國的國都是在大梁；這是因為姓魏的人找不到適當的字，就以與姓氏有關的古代地名來代表自己姓氏。姓陳的人，改成「潁川」，穎川是古時郡望，陳姓發源於此。姓李的改成「井上」，因孟子中有一句「井上有李」，這也是不忘本的意思。此外還有用諧音的，姓戴的改為「田井」，因日語田井的發音，與戴字相同，郭姓改「香久」，都有字異音同的意義。

從這裡，我們可以看出臺灣的同胞雖在日人壓迫下改姓，但仍然苦心地不使自己的姓氏湮沒，用各種方法，維持姓氏的精神與淵源。

第四點，自「皇民化運動」展開後，日本人就實施了徵兵。在過去，他們看不起本地人，不讓本地人當兵；其實，他們也怕本地人當兵後，會起來反抗。後來，鑒於他們本國的兵力不夠，就鼓勵本地人「從軍」，但是，不是正式的服兵役而是「志願兵」，一面又徵召「軍伕」，還有一種叫「海軍工員」。「志願兵」可享日本士兵同樣待遇，「軍伕」只是在部隊中打雜，階級甚低，「海軍工員」是被派到日本製造飛機的工廠裡當工人。依他們說法，「當兵、當軍伕、當海軍工員，是很光榮的事情，你們臺灣人應該感恩，現在天皇已允許你們做這種光榮的事情了。」

「皇民化運動」雖然推行得很積極，但是實際上並沒有什麼效果，表面上，本地人好像已屈服在日本人的嚴厲統治下，但是事實恰巧相反，本地人對祖國的懷念，以及抗日歸宗的精神，反而有增無已。

民國廿八、九年，有一部分日本人受到「皇民化運動」的影響，在臺北辦了一個叫《文藝臺灣》的刊物；這是以日本人為中心所辦的文藝雜誌，這中間也有少數本地人參預其事。是現在《臺灣新生報》前身，日據時代的《臺灣日日新報》的副刊主編西川滿所主倡的，配合「皇民化運動」，提倡所謂「皇民文學」。

這當然是很荒謬的事情，文學就是文學，有什麼皇民不皇民呢？名既不正，可以想像到其言也不順了。

參預其事的少數本地人，看到日本人提出「皇民文學」後，就不願再與他們沆瀣一氣，退出《文藝臺灣》，而自編一本《臺灣文學》的雜誌，相與抗衡。《臺灣文學》前後也發行了將近十期，是在民國三十年五月創刊，以本地人作為中心的文藝刊物，可是在這裡面，也有有良心、有正義感的日本人參加在內。

那個時候，日本文化人士對臺灣的文化活動，大約可分兩種類型，一種是站在日本人本身的利害關係上從事活動，事事以日本政府的政策為依據，盡量想消滅在臺灣的中國文化。一種是寄居臺灣，而願真心誠意與本地人攜手合作，共同從事研究。參加《臺灣文學》的日本人，就是後者。

《臺灣文學》有一期曾被日本政府查禁，不准發行，被查禁的理由，是內容缺少「戰鬥意識」。因為那時，日本戰事已趨下風；他們認為文學應鼓勵「戰鬥」的勇氣，不能以文學談文學。

臺灣的作家憎恨日本的侵略戰爭，所以寫作取材，偏重於本地的風俗習慣，和留在鄉村純樸的生活，而極力避免歌頌「聖戰」的文章。這類作品，在日本人看起來，自然會感到不滿。

後來，日本因戰時物資缺乏，對發行雜誌，或印行單行本，實行紙張配給。

如果要想獲得出版機會，必須先通過對內容作品的檢查，若內容與他們的「聖戰」無關，就不配給紙張。《臺灣文學》就是在這種不合理的情形下，停止出版。

不過，《臺灣新民報》還在繼續發行，本人當時也在該報服務，曾用日文改寫《水滸傳》，先後連載了五年，其間有兩次被禁止刊載，有一次是描寫潘金蓮與西門慶的那一段，報紙大樣印好後，送總督府警務局檢閱，結果沒有通過，被迫刪除。日本人認為戰局危急之際，不應該刊載這種以情愛為主的作品。以後想出版單行本時，也不准配給紙張。

從此，可以看出日本人在戰爭末期，措施乖張，敗象已是十分明顯。報紙也從兩大張變成一大張，最後變成半張，末了，變成半張中的半張，其物資的匱乏，可見一斑了。

民國三十四年，也就是日本投降那年春天，因為沒有紙張，把所有報紙停刊，合併改出一份《臺灣新報》，由總督府統一發行，未及半年，他們就投降了。

戰爭末期，除了以日本人為中心的《文藝臺灣》，和以本地人為中心的《臺灣文學》外，還有一個值得一提的刊物叫《民俗臺灣》。

這本雜誌，雖非專門研究文學，卻與文學有深切的關係。其重點，在研究和整理臺灣民間的風俗習慣，而且主編是位日籍醫學博士，對這裡的情形非常了解，他叫金關丈夫，現在還在日本。另外一位叫池田敏雄，這刊物由他們兩人主編，他們在臺灣的期間，本地朋友比日本朋友多，前後發行達五年之久，培養出很多民俗學家，發掘了很多對民俗感興趣的人士。它雖由日人主編，撰稿的卻大部分是本地人。在末期，它照樣的受到日本當局干涉；當時的總督府警務局問他們，編這個雜誌的目的何在，因為它的內容與「皇民化運動」相背，如讓它發展下去，會引起本地人對祖先留下來的東西，加深認識，所以警方勸金關丈夫不要再辦。金關與池田曾對總督府提出嚴重的抗議，結果，總督府勉強的准他們辦下去，一直到戰爭末期，還在繼續發行。

關於臺灣的民族運動，限於時間，只能在這裡作簡要的敘述。

臺灣的民族運動，我們可分兩部分來談。

最先，臺灣的民族運動是反對清朝，一如國父革命之初，就倡議排滿復明一樣。自從清康熙二十二年，施琅平臺灣後，抗清義舉，層出不窮；這可說明漢民族對滿清的統治，是十分不滿的。抗清運動有兩次規模很大，第一次是康熙六十年朱一貴的起義。朱一貴與明朝皇帝同姓，糾合義民，對抗清廷。另外一次是林爽文，規模之大，超過了朱一貴的起義，有一說，「天地會」是從林爽文起義的時候開始的。

林爽文的起義，對我國爾後國民革命的影響很大，甚至清末的革命運動，在本質上也有可追索的痕跡；雖然時代不同，革命的方法與型式迴異，但受影響是無可諱言的。

上面所說朱一貴與林爽文兩位志士，可以作為臺灣抗清革命的代表。

日本人割據臺灣之後，本地人就起來抵抗日本人，這中間發生了很多次可歌可泣的抗日運動。其中以羅福星事件，西來庵事件，噍吧哖事件的規模最大。他們的革命手段，是以武力襲擊日本人的行政機關或治安組織，但是武裝力量究竟沒有日本人來得強大，所以起事不久，就被摧毀。

武力革命既然沒有成功的機會，本地志士，在接受慘痛教訓之後，就改變用政治的鬥爭，去抵抗日本人。其間最顯著的是廢止「六三法」運動。

所謂「六三法」，就是臺灣的總督，可以制定治臺法令，也就是說，臺灣總督對本地人，不必經過法律程序，有生殺之權。本地留學日本的學生，首先向日本國會請願要求廢止這個不合法，不合理的「六三法」。結果，由於臺灣總督為便利非法統治，堅持保留該法，請願始終沒有成功。

後來本地的有心之士，認為要使臺灣歸宗，事實上不很可能，不如籌設地方自治聯盟，向日本國會要求成立臺灣議會，由議會自己處理臺灣的事情。結果，也因為受到臺灣總督的反對，議會也沒有能夠成立。

這是臺灣民族革命對日本人奮鬥的概況。直到「七七事變」，日本人深恐本地人趁機起來抗日，所以一面加重壓力，一面希望同化同胞。可是臺灣的同胞，雖在日本人的淫威下，仍然不屈不撓的利用種種機會去反抗他們。

至於光復以後臺灣的文藝活動情形，好像是一個人趕路時，很緊張，也不會感覺疲倦，但一旦到家，就累得靠在躺椅上不能動彈一樣了。日據時代，作家們以抗日歸宗作為奮鬥目標，光復後投入了祖國懷抱，就覺安心了，作品就減少了，另外一個原因，是臺灣被日本割據歷五十年之久，能用中文寫文章的人已漸漸減少，有的人只能用日文寫作。這些人在光復後，要想再以中文寫作，畢竟不是易事。因此，光復前用日文寫作有成就的作家，到光復後，就變成無能為力了。最後一個原因，是因為光復前後，社會型態變動太大，日據時代的作家，都不是職業性的，所以光復後，大多為了個人的職業關係，就不再寫作了。因此，光復後，一些老作家已呈退休狀態。

幸虧從三十八年以後，許多大陸上的作家、出版家來到臺灣，在他們的鼓勵下，年輕一代的本省作家已嶄露頭角。原來，在日本佔據臺灣五十年間，能夠用日文寫小說的本地人，只有三四位而已。可是從光復到目前為止的短短二十七年間，能夠用中文寫小說的，寫新詩的，寫劇本的本地人，不知有多少，其中已經有很多位獲得文藝獎金或出版單行本。與日據時代相比，確有天淵之別。這對於本省的文藝運動來說，確實是件很可喜的事情。

從比較的方法論中國詩的視境

葉維廉

一、語法與表現

中國詩[1]獨具的表現形態，可以從文言所構成的語法中反映出來。為了使我們明澈的了解這個由語言的特色所產生的表現形態，我在下面舉一首李白的詩，利用英文逐字的直譯及其他既有的譯文來比較，看看語法和表現的密切關

[1] 現專指舊詩，中國現代詩與舊詩在語法及表現的血緣關係，請參閱拙文〈中國現代詩的語言問題〉（詩宗第三號「風之流」pp. 1–24）或拙著 *Modern Chinese Poetry* (Iowa University Press, 1970) 的序。又，因涉及問題近似，本文幾個段落曾以不同方式見於〈中國現代詩的語言問題〉。

係。李白的詩如下：

青山橫北郭，
白水繞東城。
此地一為別，
孤蓬萬里征。
浮雲遊子意，
落日故人情。
揮手自茲去，
蕭蕭班馬鳴。

下面是逐字的直譯（括號中的文字或標點是英文語意中所必須增添的）：

Green mountain [s] lie across [the] north wall.

White water wind [s] [the] east city.
Here once [we] part.
Lone tumbleweed[;] [a] million mile [s] [to] travel.
Floating cloud [s] [;] a wanderer [’s] mood.
Setting sun [;] [an] old friend [’s] feeling.
[We] wave hand [s] [you] go from here.
Neigh, neigh, goes [the] horse at parting.

這首詩，和其他的舊詩一樣，具有由語法構成的幾個獨特的表現方法，這些方法容後再論。首先，原文和英譯相較之下，我們會發現幾個語言的特色：

㈠除了很特殊的情形之外，中國詩沒有跨句 (enjambment)；每一行都是語意完整的句子。

㈡一如大多數的舊詩，這首詩裡沒有人稱代名詞，如「你」如何、「我」如何。人稱代名詞的使用往往將發言人或主角點明，而把詩中的經驗或情境限指為一個人的經驗和情境；在中國詩裡，語言本身就超脫了這種限指性，（同理，我們沒有冠詞，英文裡的冠詞也是限指的。）因此，儘管詩裡所描繪的是個人的經驗，它卻能具有一個「無我」的發言人，使個人的經驗成為共有的經驗，共有的情境。這種不限指的特性，加上中文的動詞沒有語尾變化，正是要回到「純粹經驗」與「純粹情境」去。英譯中所需要的 We 和 You，是原文中所不需要的。

㈢同樣地，文言超脫某一特定的時間的囿限；印歐語系的詩中往往把一件事置於某時某地發生，所以他們特別具有複雜非常的動詞的時態變化。中文之能超脫特定的時間的囿限，是因為中文動詞是沒有時態 (tense) 的。印歐語系中的過去、現在、將來的時態變化，是一種「人為」的分類，用來限指時間和空間的。中文的所謂動詞則傾向於回到「現象」本身——而現象本身正是沒有時間性的。時間的觀念完全是人為了實用的目的硬加諸現象之上的。就在動詞這一點上，我們就可以看出中國人根本的美感感悟形態和西方人重知性分析的感悟形態的重大分別，這點在語法的比較的討論上尤為顯著。有人或會說，中國文字中亦有「今」、「昨」、「明」等表示時間的字眼，但我們亦知道，在詩中極少應用，而多見於實用性的散文，或有在詩中用及時（如李白的一些以獨白式寫成的詩），都總是為著某種特殊的效果，在中文的句子裡，所謂「動詞」仍是沒有時態的變化。

現在我們來看詩句中語法的結構。一個常見的結構是2–1–2，如：

鳥影　度　寒塘

中間的一個字往往是連接媒介（動詞、前置詞，或近乎動詞的形容詞）❷，用來拉緊前後兩個單位的關係。這個結構和英文的主詞——動詞——受詞最相

❷在文言裡的所謂動詞、前置詞、形容詞的分別往往不易界分，現在用這些名詞只為討論上的方便。

近，要譯成英文時通常是相當方便的。我們可以看出，李白上面的一首詩的頭兩句顯然是屬於 2–1–2 的結構。但奇怪的是，很多英、法譯者，受制於他們思維的習性，偏要歪曲這種結構，我們不妨將這種歪曲了結構的例子和原詩比較，可以看出舊詩裡的獨特的呈現方式，也可以反觀英文、法文裡根深蒂固的分析性的趨向：

青山橫北郭，
白水繞東城。

在 Giles，Bynner 及 Judith Gautier 的手裡就變成了：

Where blue hills cross the northern sky,
Beyond the moat which girds the town,
('Twas there we stopped to say Goodbye!)

——Giles

With a blue line of mountains north of the wall,
And east of the city a white curve of water,
(Here you must leave me and drift away……)

——Bynner

Par la verte montagne aux rudes chemins, je vous reconduis jusqu'à l'enceinte du Nord.
L'eau écumante roule autour des murs, et se perd vers l'orient.

——Judith Gautier

我們暫不談誤譯部分——亦不必在此指出Giles是把整個情境置於「過去」（特定的時間）——其破壞原詩的超時間的特性亦很明顯。讓我們把注意力集中在語法的結構上，在原文裡，甚至在我的逐字的英譯裡，我們看到自然的事物本身直接的向我們呈現，而在英譯裡，我們是被 "Where" 和 "With" 之類知性的、指導性的字眼牽著鼻子帶回這些事物，在英譯裡，我們看到的是知性的分析過程，而不是原詩裡事物在我們面前的自然的呈露。在原詩裡，詩人彷彿已變成了水銀燈，將行動和狀態向我們展現，在英譯中，或 Gautier 的說明性的程序裡，由於加插了知性的指引，我們所面對的，是一個敘述者向我們解釋事情。這是一個很重要的分別。中國舊詩中超脫知性的指引而獲致電影的水銀燈的效果，任讀者直接參與美的感悟，這兩點在許多 2–3 型的句子裡尤為顯著，先舉杜甫一行為例：

國破　山河在

這一行先後被譯為：

Though a country be sundered, hills and rivers endure. ——Bynner

A nation though fallen, the land yet remains. ——W. J. B. Fletcher

The state may fall, but the hills and streams remain. ——David Hawkes

請注意譯文中分析性或說明的though（雖然），yet（仍然），but（但是）等如何將原文中的蒙太奇效果——「國破」與「山河在」的兩個鏡頭的同時呈現——破壞無遺。兩個經驗面，仿似兩錐光，同時交射在一起；讀者追隨水銀燈的活動，毋需外界的說明，便感到畫面上兩個意象併發所構成的對比和張力，在這兩個併發的意象之間（我特別強調這個「間」字），正是潛藏著許多可能的感受和解釋，但這兩意象之「間」的豐富性是由兩個意象之間的「關係未決定性」來產生，一旦詩人在文字裡「決定了」關係，這一個情境只能有一個解釋，一種可能性，原句裡的多重可能性完全喪失了，而這個重大的損失是歸咎於分析性的插入，現象的完整性必須通過具體（即未沾知性）的呈露。同理，要保留電影效果中的物象的直接呈露，我們就不能把「星臨萬戶動」如大漢學家洪業那樣翻成：

While the stars are twinkling above the ten thousand households……

（「當」星「在」萬戶「之上」閃爍）

亦不能解作：星臨「使」萬戶動（很多英譯作如是解，不必再舉例）。有了以上的了解，我們就知道下面兩句詩好處正是物象直接呈露的電影效果：

星垂平野闊，
月湧大江流。

同時，這兩句的具體性、直接性、戲劇意味，決不能如 Birch 先生那樣解法，他看到的是：星被廣闊的平野所拉下，月在河的流動中湧前❸。我們不否認原句亦會引起如此的形象，但原句中的含蘊的豐富性決不限指於此形象，該句的豐富性的來源正是我們的獨特的語法所構成的「關係未決定性」，詩人以水銀燈的活動，將氣氛以最清澈、最親切的一面呈於讀者面前，任其直接參與玩味。

我們由是可以明白，李白詩中的五、六行，一如杜甫的句子「雲霞過客情」，是決不能動輒的加插分析的元素去解釋或翻譯的。李白的「浮雲遊子意」這句究竟應該解釋為：「浮雲是遊子意」和「浮雲就像遊子意」嗎？我們的答案是：它既可這樣解釋，同時又不可以這樣解釋。我們都會感到遊子漂遊的生活（及由此而生的情緒狀態）和浮雲的相似之處；但在語法上並沒有把這相似性指出，沒有指出沒有解釋所產生的趣味和效果，一經插入「是」、「就像」等連接性的元素，便會被完全破壞。而令人傷心的是，所有的國文課本的講解，

❸Cyril Birch, *Anthology of Chinese Literature* (New York, 1965), pp. 238–89. 其英譯如下：
Stars drawn low by the vastness of the plain. The moon rushing forward in the river's flow.

所有英譯（譯事本身當然亦是詮釋欣賞的一種）竟然以加插了「是」和「就像」那種解釋作最後依傍！（課本的例子比比皆是，不另舉了，英譯的例子從略。）李白這句詩的美感效果，是其使我們同時看到浮雲與遊子（及他的心靈狀態）。這兩個物象的同時呈現，一如兩個不同的鏡頭的並置（即艾山斯坦所謂「蒙太奇」），「是整體的創造，而不是一個鏡頭加另一鏡頭的總和。它之比較接近於整體的創作——而不是幾個部分的總和——是因為在這一類鏡頭的並置上，其效果在質上與各個別鏡頭獨立看來是不同的。」❹讀者的想像，由於兩個鏡頭的並置開始創作的活動，而在二者之間喚起第三層繁複的形象。

曾經死心地服膺於中國詩的美的美國現代詩人龐德 (Ezra Pound) 在其論雕刻家 **Gaudier-Brzeska** 時涉及的疊象美正可做以上的詩句最好的註腳（有關龐德與中國詩的血緣關係，見拙書 *Ezra Pound's Cathay*，美國普林斯頓大學一九六九年出版），龐氏說：

---

❹見 Sergei M. Eisenstein, *The Film Sense* (New York, 1947), p. 7.

在遠山上霧中的松樹很像日本盔甲的甲面。
霧中松樹的美並非因它像盔甲的甲面而引起的。
盔甲的美亦不是因為它像霧中的松樹。
在兩種情形之下，從其形態美來說，是根源於「不同平面的互恃關係」。
樹和盔甲的美是因為其不同的平面以某一種姿態重疊的關係。❺

以上的詩句中意象的並置或併發所構成的美正是這種「雕塑性」的美。

至此，我們了解到「浮雲遊子意」的視覺性、電影效果、多重暗示性是由於語法上不建立語意上的關係而產生的，但我們亦注意到，這句詩中的兩個意象有強烈的相似性，所以挑發了讀者的想像去建立關係，在某一個意義來說，「浮雲」最後仍會被視為「遊子」心境的外在形象，**但這個結論是在其他的美感活動發生了作用以後產生的**。現在讓我們看看中國詩裡更純粹化的視覺性、

❺見 Gaudier-Brzeska: A Memoir (1916), p. 167.

雕塑性與電影意味：

雞聲茅店月，

人跡板橋霜。

這兩句詩中的物象以最純粹的形態出現，毫未沾染知性或主觀性。這些物象在一刻中在我們眼前同時出現，構成一個與原來事物的本樣幾乎不辨的氣氛。我們一時間無法知道（亦無意去分辨）究竟雞、月、橋各自的位置在那裡，我們應該說：雞鳴（時）月（見於）茅店（之上），人跡（在）（滿）霜（的）板橋（上）嗎？我們都知道，「月」不一定在「茅店」之上，它可能在天際剛升時。

這裡使我們想起英國十九世紀末美學家斐德 (Walter Pater) 曾經論及藝術中的 Anders-streben，錢鍾書所謂「出位之思」（詩或畫各自欲跳出本位而成為另一種藝術的企圖）；斐德談到「鏡子、磨亮的盔甲、靜水三樣東西作了偶然一刻間的並聯，而使一個固實的形象的每一面都同時呈現，替我們解決了疑惑已久的問題：畫能不能夠如雕刻一樣各面皆全的呈現物象。」他繼續說，「理想的詩」應該是「精緻的時間許多斷片」的捕捉，「使我們同時看到存在的每一面。」❻以上的兩句詩，以電影中的鏡頭及蒙太奇技巧，已進入繪畫和雕塑的領域，由於「雞」、「月」、「橋」等的位置的未決，我們可以同時由各個不同的位置去看同樣的事物，由於它們超脫的知性的奴役，我們越過語言而回到現象的本身，使我們更豐富的浸入自然的律動裡。

中國詩要讀者溶入自然的律動，這是最高的理想，即就常常有話要說的李白也不在話下，請看：

---

❻“The School of Giorgione”一文，見其書《文藝復興之研究》pp. 134, 149–50。錢鍾書的「出位之思」見其〈中國詩與中國畫〉一文，選在葉聖陶編的《開明書店二十週年紀念論文集》（民國三十六年開明書局版），pp. 168–169。

鳳去（鏡頭一）

臺空（鏡頭二）

江自流（鏡頭三）

江山長在，人事變遷無疑是李白欲傳達的部分意義，但需要用文字說明嗎？這些狀態和行動的並置，不是比解說給了我們更多的意義嗎？我們不是因這一刻的顯露而進入了宇宙的律動和時間之流裡嗎？

二、視境與表現

現在讓我們從另一個角度去看中國詩的視境。

詩人的視境可以由其面對現象中的事物時所產生的感悟形態來說明，美的感悟形態雖說因人而異，但從大處著眼，同時為了討論上的方便，暫可分為三類：（不同的感悟形態產生的視境也決定了表現形態之不同，這點在第一節的討論中已經說清楚了）。

譬如第一個詩人，他置身現象之外，將現象分割為許多單位，再用許多現成的（人為的）秩序，如以因果律為據的時間觀念——去年某月某日某事引起某事——加諸現象（分割以後的片面的現象）中的事物之上；這樣一個詩人往往會引用邏輯思維的工具，語言裡分析性的元素，設法澄清並建立事物間的關係。這種通過知性活動的行為自然會產生敘述性和演繹性的表現，追求此物因何引起彼物，這種作品裡往往有所謂「邏輯的結構」可循。

相反的，第二個詩人設法將自己投射入事物之內（雖然仍是片面現象中的事物），使事物轉化為詩人的心情、意念或某種玄理的體現；這樣一個觀者，在其表現時自然會抽去一些連結的媒介，他依賴事物間一種潛在的應合，而不在語言的表面求邏輯關係的建立。但第二個詩人的感悟形態仍有知性的活動，雖然比第一個詩人的表現詭奇豐富得多。

可是第三個詩人，即在其創作之前，已變為事物的本身，由事物的本身出發觀事物的本身，此即邵雍所謂「以物觀物」是也。由於這一個換位，或者應該說「溶入」，由於詩人不堅持人為的秩序高於自然現象本身的秩序，所以能夠任事物毫不沾知性的瑕疵的從自然現象裡純然傾出，這樣一個詩人的表現自然是脫盡分析性和演繹性的，王維就是最好的例子，如其〈「鳥鳴澗〉或《輞川集》裡的詩：

鳥鳴澗

人閒桂花落，
夜靜春山空。
月出驚山鳥，
時鳴春澗中。

辛夷塢（自《輞川集》）

木末芙蓉花，
山中發紅萼。
澗戶寂無人，
紛紛開且落。

在這兩首詩中，景物自然發生與演出，作者毫不介入，既未用主觀情緒去渲染事物，亦無知性的邏輯去擾亂景物內在生命的生長與變化的姿態。在這種觀物的感悟形態之下的表現裡，景物與讀者之間的距離縮短了，因為作者不介入來對事物解說，是故不隔，而讀者亦自然要參與美感經驗直接的創造。

一般說來泰半的西洋詩（尤其是傳統的西洋詩）是介乎一、二類視境的產物，這與他們的語言、思維中的分析傾向有很深的關係（見第一節），而中國詩泰半屬於第三類的視境和表現，頂多是介乎二、三類之間，甚少演繹性的表現。（可是，唐以後的情況就不那樣純了，宋人就有不少演繹性的詩，或許是因為這個傾向遠離了傳統的視境的緣故，嚴羽才非議宋人的。）❼

三、純粹經驗的美學

顯然地，中國詩要呈露的是純粹的經驗。何謂「純粹經驗」？「純粹經驗」就是未受知性的干擾的經驗。所謂知性，如上面先後指出的，就是語言中理性化的元素，使具體的事物變為抽象的概念的思維程序。要全然的觸及具體事物的本身，要回到「純粹經驗」，首要的，必須排除一切知性干擾的痕跡，我們不妨先把上面討論中國詩的特色扼要的列舉，然後才去追索這種美學的根源。

▲超脫分析性、演繹性→事物直接、具體的演出。

❼可參閱拙文 "Yen Yü and the Poetic Theories in the Sung Dynasty"（嚴羽與宋人詩論）*Tamkang Review*, vol. 1, No. II (Oct. 1970), pp. 183–200.

▲超脫時間性→空間的玩味，繪畫性，雕塑性。
▲語意不限指性或關係不決定性→多重暗示性。
▲連結媒介的減少→還物自由。
▲不作單線（因果式）的追尋→多線發展，全面網取。
▲作者溶入事物（忘我）→不隔→讀者參與創造。
▲以物觀物→物象本樣呈現→物象本身自足性→物物共存性→齊物性（即否認此物高於彼物）→是故保存了「多重角度」看事物。
▲連結媒介的減少→水銀燈活動的視覺性加強。
▲蒙太奇（意象併發性）→疊象美→含蘊性在意象之「間」。

* * *

「道可道，非常道，名可名，非常名。」——老子

西方哲人不以存在、現象為主，以為人可以「駕馭」天，可以「知道」自

然之全部，而往往取其片面以為是全體，以概念化的自然為自然，以解剖後的鳥為自然界的鳥，妄尊自大的原故。

「言者不知、知者不言。」——老子

語言是一種不得已的東西，其可以傳達的，僅其限指性部分而已。中國人早就了解這個道理，所以中國的語法不太多邏輯（限指）的元素，所以中國的語法不以因果律為依歸，力求達到多面的暗示性，可以「更」接近現象本身。

「不著一字，盡得風流。」

「古之人其知有所至矣。惡乎至？有以為未始有物者，至矣盡矣，不可以加矣。其次以為有物矣，而未始有封（分別之意）也。其次以為有封矣，而未始有是非也，是非之彰也，道之所以虧也。」——莊子妄尊自大的人，以為人為的分類可以理出天機來，那知人為的分類，正是把完整的全面性分割為支離破碎的單元，專門化所給我們的是「隔閡」而非「了解」，文字所應做的是設法使我們「更」接近具體的事物。

「吹萬不同。」——莊子

青山自青山，白雲自白雲，白雲不能說青山是非，青山不能說白雲非是，我們人類有什麼權利去把世界的事物分等級，以「我」的觀點來批判其他的事物呢，我們都知道「鳧脛雖短，續之則憂；鶴脛雖長，斷之即悲」各具其性，各得其所，我們怎能把此物視為主，彼物視為賓，而硬將其本樣破壞呢？

「聖人遊於萬化之塗，萬物萬化亦與之萬化。」——郭象注莊子柏拉圖假定形而上有永久不變的東西，那是一種人為的安慰而已，我們張眼一看，永久不變的正是變的本身，唯有任事物自由表現它們自己，才是自然的律動，我們不能視實實在在的一棵樹為泡影，我們不能擁抱抽象，當作我們的新娘。

「墮肢體，黜聰明，離形去智，同於大通，此謂坐忘。」——莊子

「無聽之以耳，而聽之以心，無聽之以心，而聽之以氣。聽止於耳，心止於符，氣也者，虛而待物者也，惟道集虛，虛也者，心齋也。」——莊子

「課虛無而責有，叩寂寞以求音。」——陸機

只有把自己忘去，化入萬象萬物，始可以得天機，始可以和自然合一，始可以使物象的本樣具現。詩人介入，就是妄尊自大，故作主張，讀者要與事物直接交感。

「氣韻生動。」——謝赫

詩的目的不在說教，詩的目的正是要使事物的氣韻生動的呈現在我們的面前。

「夫藏舟於壑，藏山於澤，謂之固矣，然而夜半有力者負之而走，昧者不知也。藏小大有宜，猶有所遯，若夫藏天下於天下而不得所遯，是恆物之大情也。」——莊子

「藏舟於壑」，井底之蛙也，以部分視作全體。「藏天下於天下」，全面網取也。西畫中的透視也者，視滅點也者，及單線追尋的時間觀，「藏舟於壑」也。中國畫中的「多重透視」，鳥瞰式所構成的多重視滅點，和中國詩中的意象併發，「藏天下於天下」也。

附錄：時間與經驗❽

現象是不斷變化，不斷演進的，我們要逆轉它也逆轉不了，逆轉它就是違反自然（這也是《易經》的本義）；現象固是如此，但要表現這個萬物萬化的現象，我們起碼有三種限制——因為表現就是人為，人為就必有限制；衝破這些限制就是藝術，能使成品脫盡心智的痕跡而接近經驗的本身，就是藝術進而自然。三種限制為㈠語言的限制；㈡感受性的限制；㈢時間的限制。我們在此略加說明：

㈠語言的限制——事件、行動衝入我們的意識時，是具體的，不管是通過視覺或聽覺，它是多面性的實體，而且它同時指向許多相關但並不顯現的事物。語言是一種符號，來指示、代表事件、行動，但必無法代替「可以觸到、可以感覺」的事件的本身。而且它不能夠在同一瞬裡把多面性一齊供出，它必須環

❽擇自拙著《現象、經驗、表現》，臺版：《中國現代小說的風貌》一書。

物而走的一步一步的描寫，等到回到起點始算把事件勾住。即就「鏡頭」而言，也只能供出一面而非全體。作者要接近事件或行動的實體，就要衝破語言的限制：他可以使用「意象併發」或「擇其最明澈、最具暗示其他的角度」將之呈露。

㈡感受性的限制——表面看來，這是天才和非天才的分別，某人感受性特別敏銳，一觸即悟其全體；某人特鈍，反覆觀察，仍未得其分毫。此人表裡完全洞識，可以不假思索，因而沒有文字障，成品無跡可求；彼者未入堂奧，雖費盡筆墨，刻盡心思，而未見門檻。（我們不必堅持天才說，但這種悟性的分別是存在的。）但我在此只就一個人意識裡接受外物的限制，作者和事物接觸會有(A)初發的印象，(B)繼發的印象，(C)追憶的印象，加上知性的介入。（知性的介入破壞了這一刻內在的機樞。）這些印象繼次的發生固然是經驗的一部分，如果一篇作品的重心是在於敘述者自身經驗的掙扎和探索，這些印象繼發的過程或交錯發生的過程的記錄當然算是接近經驗的本身；但如果它的重心不在敘述者自我的心理活動，而是現象本身的活動，則必須在一刻中全盤托出，否則就失去時間的真實性、失去轉瞬即逝但萬物俱全的拍擊力。問題在：作者只能供出一個印象，希望能包孕其他，不然就是「意象（在此我們不妨說：印象）併發」。一種是近乎「不著一字，盡得風流」。（或者說，「只著一字，盡得風流」，因為「無語界」到底是禪的最高境界，用了文字就不能「禪」了，文學家是不能絕對「禪」的。）一種是「萬物齊臨」。二者皆非習慣於因果律的作者讀者所喜，因果律的人要求「此物因何故產生彼物」那種思維性——由這種思維性所產生的藝術品當然是剖腹以後的青蛙！

㈢時間的限制——語言裡的解說性和感受裡化驗性的誤用和濫用，完全是出自對「時間」的誤解。且先讓我們聽蘇東坡兩句要義：

自其變者而觀之，則天地曾不能以一瞬；
自其不變者而觀之，則物與我皆無盡也。

此段與莊子〈大宗師〉並讀始見其心：

> 夫藏舟於壑，藏山於澤，謂之固矣。然而夜半有力者負之而走，昧者不知也。藏小大有宜，猶有所遯，若夫藏天下於天下而不得所遯，是恆物之大情也。特犯人之形而猶喜之，若人之形者，萬化而未始有極也，其為樂可勝計邪，故聖人將遊於物之形不得遯而皆存。

此段郭象注為：「聖人遊於萬化之塗，萬物萬化亦與之萬化」，「自其變者而觀之」是「藏舟於壑」，是狹義的「變」。「自其不變者而觀之」是「藏天下於天下」，是廣義的「變」。現象本是川流不息，表裡貫通，但人將之分割為無數的單位，然後從每一個單位中觀察其中的變化及前因後果，如何某物引起某物，某事連帶某事，這是人的智力的好勝，人為的分類；就是在這種分類的活動裡，狹義的時間觀念乃產生：「時間」被視為一件事進展的量器：過去、現在、將來。換言之，觀者的視野只活動於有限的空間和時間，其對宇宙現象的了解是由分割了以後的現實拼成，受限於一個特定的地點，受限於一特定的時間（如：去年某月某日至今年某月某日）。這種活動產生理性主義，其發展的極致是科學精神，都是企圖以人的智力給宇宙現象秩序。但這種活動只是「自其變者而觀之」！這種活動反映於文學上的，尤其是西方的文學（包括詩），雖然作者有躍進「不變者」的意圖，但總是由有限的時間開始，不像中國詩裡（指成功者而言），一開始就是「自其不變者而觀之」，其視野的活動是在未經分割、表裡貫通，無分時間空間、川流不息的現象本身。

弗洛依德、存在主義與文學

彭歌

前記

臺北多年前曾舉行一次全國性的「文藝會談」。主辦單位囑託我提出專題報告，指定的題目是〈世界文學潮流與趨向〉。這個題目太廣泛，我祇就當時大家關注的三個問題作深入討論。當時社會上對於「存在主義」頗多誤解，我的報告剖析其時代背景，說明其精神所在，受到先進和朋友們的讚許。另外關於弗洛依德和性文學的關係，共產制度與文學的矛盾，也都得到大家的認同。尤其是後來大陸上發生「文化大革命」悲劇，以至一九九〇年蘇聯與東歐共產集團土崩瓦解，也可見我的論述並非偏執武斷。

現在，三民書局重編《談文學》，本文也被迻入。重覩舊作，撫今思昔，感慨萬千。爰就前文略加修訂，並將題目改為〈弗洛依德、存在主義與文學〉。

二〇一九年四月卅日

世界文學潮流與趨向是一個非常廣泛的題目，尤其對「世界文學」的解釋是件很困難的事，比如以國內小說的情形來說，究竟什麼是純文學的小說？什麼是消遣性的、或如日本人所說的大眾小說？什麼是娛樂性的小說？這中間很難作一明確的劃分。

就以文學的形式來說，每一時代有它獨特的形式，這是從時間來看；如中國的漢代，盛行賦，唐代是詩，宋代是詞，元代是曲，明清以後，小說才漸漸抬頭。這並不是說，那個時代裡面只有那種文學形式，別的文學就沒有了；我們只能這樣講，在某一個時代，是以某一類的作品最有豐富而卓越的成就，因而形成為它的特色。

從空間來說，每一地域，或者一個國家，也各有它代表不同特色的文學作品。同樣是詩，英國的詩和德國的詩，就可能不同；同樣是小說，中國的小說與俄國的小說，也一定會有很大的分別。所以要想在短短兩小時之內，把世界文學潮流的嬗變與趨向，詳細的加以說明，事實上幾乎是不可能的一件事情。

我們現在感覺到我們生存的時代，有一種特色，那就是價值的混亂。

我們常常聽西方人說：我們生存在一個劇烈變化的世界裡面。

這一句話，包括了今天許多問題的根源。這個所謂變動的時代，也是一種比較的說法，因為每一個時代都在變動，很少有一百年前跟一百年後完全一樣的時代。但是變化——我們樂觀一點講也可稱它為進步——沒有再比我們現在所處這個時代這樣地快，幅度這樣地大了。

舉一個最明顯的例子，一九二五年美國飛行員林白，駕了一架飛機，單獨從紐約飛到巴黎，這事在當時轟動全世界，讚揚他為人類英雄，因為他打破了人類體能的極限，這是前所未有的事情。但自一九七一年以後的新發展來看，人類登上月球已經好幾次了，與從紐約到巴黎相比，簡直不成比例。

從這一件事情上，就足以說明這個時代的變動，是如何的劇烈。也許有人認為這僅僅是屬於科學技術方面，其實並不盡然，凡是一個重大變化，它所發生的影響，往往會超出本身的範圍。譬如說，登陸月球之後，對文學上就有了影響，阿姆斯壯第一次登上月球，馬上拍了個電報回來，說中國人從前認為月亮中有一個嫦娥，他懷著熱情與期待去尋覓嫦娥，但使他失望，月球上面沒有嫦娥。

也有人說，登陸月球在科學上是件了不起的成就，但在文學上、美學上來說，它把人類幾千年來的美麗幻想，完全打破，這就是科學技術所產生的另一方面的影響。

此外，在宗教、哲學上也有影響，比如宗教中過去說上帝造世界，先造什麼，後造什麼，而現在人能一下子上月球，說不定明天就可以去火星，將來勢必要把從科學所看到宇宙現象與宗教的理論印證。登陸月球後，許多宗教家，尤其是天主教、基督教與猶太教，已經考慮修正他們的理論，來配合現在科學技術的發現，由此可見，一件事情發生之後，它的影響是多方面的。

就以我們普通人來說，在過去古老的年代裡，活動半徑有限，但是現在我們的活動範圍日益擴展中。明末崇禎煤山自盡，那時沒有報紙，沒有電訊，這個消息從北平傳到四川，差不多要半年之久；四川的官民要到半年後才知道皇帝賓天，開始掛孝。在那種交通阻梗，消息隔絕的情形下，對人的生活態度、方式都有影響，而今天可以說全世界已成一體，尤其從一九六七年人造衛星發射後，世界各地可以直接傳遞電視。加拿大有位研究大眾傳播的理論家麥克隆翰說：「現在的世界，由於電視可以直接傳播到任何角落，整個世界變成了一個村落。」那就是說，在這種情形之下，每一個人的生活態度，對外界的反應，包括價值的判斷和道德觀念，都有影響。過去絕對不可能的事，現在變成可能。

從前我們彼此所關切的，只是一個很小的範圍，現在真正是所謂天下一家了。

在變動之中，我們不能說完全是好的變動。有的一件事情本來是好的，但也可能產生壞的副作用。比如說大眾傳播的發達，這本來可以增進人與人之間的了解，增進人與人之間的感情、知識、意念的交流；可是有時候這種工具也會被濫用，會發生不好的影響。

我們所生活的世界裡面，所發生的除了登陸月球之類的事情之外，實際上有許多事情也是我們所不容易想像的，記得一九六〇年，我初次赴美，未出國前，有幾位師長告訴我，要我注意美國有很多人認為中共將來會變成狄托，中蘇要分裂，這對我們可能是很不利的，這樣一來，美國反共的立場，可能會軟化。我到美國之後，當時這種情勢並不顯著，但一九六二——六四年，蘇聯顧問從大陸撤退之後，到一九六八年中蘇真的兵戎相見；再如尼克森往訪大陸，這些情況，在若干年前，都是無法想像的，這是世界急劇變化中發生的現象，是在正常狀態之下，我們無法用正常的道理加以解釋。

最近美國正在鬧經濟問題，世界上每一個國家多少年來，都以美元作為經濟活動交易的標準，但是現在美元支持不住了，要採取浮動匯率，讓它自己去追求合理的價格。在現在看，這是件很大的事，也許將來在歷史上看，只是一個小小的波浪，但小小的波浪會影響到許多人的生活，反映出我們這個時代的動盪與混亂，動盪與混亂反映到我們每個人心裡，變成了苦悶、焦灼、不安，這種態度同樣的反映到文學藝術的創作上去，於是就產生不同的作品與不同的理論。

在這樣的一個混亂、變動的大時代中，我們從文學的角度來看，很難作一個周密嚴肅的歸納。不過最近若干年來，有幾種值得我們注意的趨向，可以在這裡提出來與大家共同討論。

影響文學創作的因素很多，比如法國批評家泰納就說，時代、民族的傳統、當時的環境和地理因素，都會影響文學創作的特性，他的說法，當然有根據，但我們無法以科學的方法來分析某一種因素會影響文學創作百分之幾。每一因素對一部作品或一位作家所發生的影響不完全一樣，不過有一因素，我們不應忽略，那就是政治。

人是社會動物，當人構成集體時，必受社會若干約束，但個人也有其創造，期求推動與改革社會，促其進步。離我們愈久遠的社會，活動範圍也愈小，社會變動沒有像現在這麼劇烈。我們中國人有一句老話，「日出而作，日入而息，帝力於我何有哉！」但是這種情形，到現在是愈來愈不行了，原因很多，近年有「福利國家」的說法，個人有許多無法自力解決的問題，必須靠國家、靠集體的力量才能解決，古時也是如此，不過於今為烈。

舉例來說，最簡單的問題如臺北市的交通，路必須有規劃，車輛必須有牌照，駕駛要經過考試；更大的問題如水與空氣的污染，這都不是個人力量所能解決的。至於外交、國防等，更必須依賴國家的力量；因此，政治就成為文學創作中最重要的因素，這是就常態而論。

第一次世界大戰以後，世界上有了「共產主義」運動，在政治上有了力量，使政治的鬥爭趨於尖銳化。今天戰爭的昇高，不單單是說武器的進步，殺傷率和射程的進步，而是每個人參預戰爭的程度有所不同。也就是說，今天作戰的不僅是執干戈、衛社稷的軍人在履行作戰任務，後方每一個人都是戰爭裡面的一環。這對人的思想、行為，當然有其一定的影響。

在過去的社會裡面，強調個人思想與行動的自由，以及人與人之間的人際關係，很多文學作品裡也反映了這些問題。到了第二次大戰前後，這種看法，乃至文藝觀、人生觀，都受到了嚴重的考驗。

一九三〇年代義大利首相墨索里尼的法西斯主義，然後有德國總理希特勒的納粹主義，兩種都是集權主義，它不僅僅要統治經濟，而且要統治人的思想，它的統治思想，是用一種赤裸裸的暴力，是強制的辦法，人們不得不聽從它。共產主義比較巧妙，它的本質也是集權的，要統治人的思想，但起初它不完全用暴力，而在暴力之外包了一層美麗的糖衣，這糖衣是什麼呢？就是它利用文學、藝術來煽動和誘惑。等到它掌握和鞏固了政權之後，就把所有的自由思想壓制下去。歷史上也有個人與權威對立的情形，可是沒有像現在這樣尖銳和激烈。

英國有一位評論家卓克華特分析世界文學的發展，他說在二次大戰以前，以個人為中心的文學作品佔絕大多數，而且最優秀的作品都由此而來。二次大戰以後，個人為中心的好的文學作品愈來愈少，據他的看法，將來的文學作品可能不是以個人的感受，而是在集體和制度之中，透過個人的感受而對集體與制度的價值予以批判。在他說這話以前，歷史已有幾千年，說這話之後僅短短數年，他的說法是否正確，我們只能拭目以待。

另外影響文學創作的因素是大眾傳播，大眾傳播的力量已逐漸被人感受，比如臺灣全省過去有七百多家電影院，電視普及之後，各縣市鄉鎮關閉的已有很多家，而且繼續營業的生意也並不太好。因此我們可以想像到，電視影響所及，決不止僅僅是電影，文學與藝術也必定同樣有影響，只不過文學、藝術的影響無法像電影院那樣可以用票房統計出來而已。

大眾傳播當然有它的好處，可使知識大眾化；古時的一本書，是傳家之寶，別人不是輕易就能看得到。甚至天下好書要進貢給皇帝看，經過皇帝批准某些人有資格看，某些人才有資格看，一般平民，根本看不到；今天只要口袋裡有錢，要想看什麼書就買什麼書，這是大眾傳播好的一面。壞的一方面是因為大量生產，就不可能細心雕琢，而逐漸趨向於商業化，變成大量生產的商品。因為是商品，它必須注意市場的反應；作家的書有沒有人看，有沒有人喜歡，是不是適合大家的胃口，如果不合大家胃口，不管他自己怎樣，首先出版商不肯替他出，報紙不肯替他登，電視不肯替他演，那他就是死路一條。

過去，一本書可以藏諸名山，傳諸後世；世界文學史上也有很多這種情形，比如美國的《白鯨記》的作者梅爾維爾，一直到死沒有人說他這本書好，過了五十年，被一個英國的批評家發現了，讚為美國所有小說中最好的一部。那時的美國人跟我們現在一樣，缺乏自信，聽外國人說好，就一窩風的熱了起來，這類從墳墓中翻身的事，中外屢見不鮮。今後是否還會有這種情形，那就很難說了。

據聯合國統計，一九七〇年代每一年全世界所出版的書籍，大概有三十萬種。以美國來說，增加數字非常之快，我去美國之初，每年還不到二萬種，現在已增加到三萬多種，日本也將近兩萬種，蘇聯也有三萬多種。當然這裡面包括了所有的書籍，不一定都是文學；不過依美國的情形看，它每年出版三萬種裡面，其中大概有三分之一是文學。我們聽到一萬餘的數字好像沒有什麼，以我們個人的能力來說，就是一天看一本，一年也不過是看三百六十五本；當然還有過去歷代累積下來的好書，加上不斷出版的新書，試想如此浩瀚的書籍中，如有一本好書過若干年後依然再能被人發現，恐怕不是一件易事。普遍的來說，這情形不是文學水準的提高，相反的是下降。

有人說十九世紀是小說家的世紀，二十世紀是新聞記者的世紀，實際上我們看，十八、十九世紀許多偉大小說家，像英國的狄更司，俄國的托爾斯泰和杜斯妥也夫斯基，他們的作品到今天看，有沒有可與媲美的？又如曹雪芹的《紅樓夢》，我們現在有沒有可以跟它作比較的作品呢？沒有。現在人口增加，教育普及，一般情形是進步了，但是文學始終不能趕上前人，這跟現代世界的變動，有著很大關係。

因為時間關係，我們不談普遍的現象，只就近若干年來幾個文學上大的方向中，選取三點，作為討論。

第一個方面是西方文學中對於性的問題：或者有人以為，性是一個很下流的字眼，不值得我們聚集一堂來討論；若干年前我們可以這樣說，但是現在情況已變。我們可以看到不僅僅是文學藝術，即使社會觀念也有很多改變。可以說整個社會、整個人類，對於性，應該採取什麼樣的態度，過去幾千年來大家對這問題，避而不談，或認為這事情不應該談，但晚近幾十年的潮流不是如此；認為這事情有它不好的地方，卻是人生中很重要的一部分，也是文學藝術中不可忽視的一部分。

這裡，我們不能不提到弗洛依德。關於弗洛依德，我們將在後面再加以討論。

第二方面是我們在此地已經感受到了，也就是常常聽到人家談起的存在主義的問題，弗洛依德是心理學的，存在主義是哲學的，但如我們在前面所提到的那樣，當一個重大的事情出來時，其影響往往不僅及於其一己的範圍。存在主義影響到了文學藝術，而用文學藝術來表達它的思想。大家也曾聽到，有人把這東西看成洪水猛獸，認為是共產主義的變形；也有人認為這是現在最時髦的東西，跟迷你裙、熱褲一樣，既然外國有了，我們也應該有，這是兩種對存在主義完全相反的看法。

現在，討論第一個問題。

我們不能說每一個文學家都在研究性的問題，不過現在看，如果當它作為一個潮流，似乎的確具有了潮流的條件，而且正在方興未艾。

過去作品寫到性的問題，到達某一程度就不寫了，現在幾乎是集中一切力量，以很大篇幅，在性的問題上下功夫，用心的在這方面求變化，以期取悅讀者。

在美國，曾看到很多舞臺劇，他們認為這是很好的戲劇。其中有一個劇叫《頭髮》，還有一個叫做《加爾可答》，從我們的眼光看，像脫衣舞、脫衣陪酒，勢必造成社會新聞，警察會加以取締，而他們竟把猥褻行為以舞臺劇的表演方式，有音樂，有情節的演出，男女演員幾乎一絲不掛。這種情形的發展，當然有他們的社會背景；前幾年，美國的大理院，相當於我們的大法官會議與最高法院的綜合體，他們有一個判決，說是一個人裸露其身體不算犯法。有了這個判例之後，各種色情的東西也就假藝術之名大批出籠，剛才所說的舞臺劇，還是比較接近藝術的，在時報廣場前面，到處都是春宮畫片，簡直不堪入目；不僅如此，更有多種奇形怪狀專供畸型戀的愛好者閱讀的東西，在街上公然出售。這些，大多數人不承認它是文學藝術作品，可是文學藝術是與社會思想互相交流的東西，難免慢慢的會有所浸潤。前幾年有位非常走紅的女作家蘇珊娜，她的幾本書都銷售數百萬冊，如《娃娃谷》、《愛情機器》等都改編成電影，裡面寫的都是介乎愛與慾之間的事情。我們從前所看到的愛情很純潔，很強烈，能夠把一個人提高的；現在我們所看到的，就是所謂「人與禽獸相去者幾希」，連那一點「幾希」也不容存在，人跟禽獸差不多變成一樣了。

在這裡，我們要簡單的把弗洛依德討論一下，弗洛依德是猶太人，小時在維也納長大，家庭環境很好，母親對他很愛護，她活到九十多歲。他的著作很多，其中最早的一本是《夢的解析》，以一種比較科學的方法研究人的心理狀態，是一部劃時代的作品。他是一位醫生，研究的是心理學，在他以前，精神病這一名詞很模糊，並不確定，認為精神病就是瘋子。弗洛依德卻從心理學上加以分析，他的理論裡面，破除人對性禁而不談的觀念。因為我們不談性，不僅僅是文學不談，即連哲學與教育對性也諱莫如深，認為這東西是下流、低卑的，是不能公開討論的，而強調愛情的精神面，不談肉體的方面的事情。

從弗洛依德開始，他發現了性對人生的影響，他把人的心理活動，分成三層次。一是本能衝動，這名詞由他創造出來，人的本能衝動跟禽獸一樣，餓思食，渴思飲，脾氣來了就要跟人打架，這都是本能衝動。二是自我抑制，所謂自我，是人有一種意識來控制他的衝動，想做一件事情，但知道不能做。人之所以為人，人所異於禽獸，這與自我很有關係。另外還有一個層次叫超自我，超自我來自父母及整個社會所傳授給他的價值觀念，這些觀念凝集起來結晶化，就變成超自我。也就是一些代表道德、代表秩序的力量，來壓制衝動。超自我與本能衝動，是人性與禽獸性的衝突。

弗洛依德另外有個重要的理論是無意識，他說人的心理活動好像一座冰山，冰山浮在海面上的只有九分之一，在海水下面的有九分之八，我們的意識活動也是如此。因此，說話、表情、動作，所表現出來的只是九分之一，其他九分之八，連自己都不太清楚，有好些事情這樣做了，但不會向別人承認為什麼這樣做，他一定會講一套冠冕堂皇的理由；至於不能向人明言的理由，有時自己都不承認。事實上，這都是受無意識的支配。

他認為做夢是人無意識活動所致，夢裡有很多象徵，夢到什麼東西，就代表什麼意念，他收集了幾百個人做夢的經驗，然後根據他自己的學理，去解釋為什麼做那樣的夢。

照他的理論裡面講，人對性的觀念非常重要，性支配人一生的活動，甚至有人說拿破崙的勇敢作戰，是因為他在性方面有所欠缺。

一般心理學家認為弗洛依德開創了研究的新領域——人的童年：過去對人的研究對象，都是具有知識和判斷能力的人加以分析。但是他認為童年最為重要，人在童年時就養成了許多觀念，或者暗示，使得他對以後一生發生很多影響。他創了一個名詞叫「戀母結」，認為男人都有這種戀母結，愛他的母親，因為愛他母親，對父親就有點忌妒；反抗父親而愛母親，這是男人性愛最初的例子。他的理論一出，當時受到很多攻擊，指責他離經叛道。他的理論到現在還不能說是完成，甚至他的弟子鍾格也脫離他而自建新的學派，但是無論如何我們要承認一件事情，由他開始，發現了性的生活對於人生的重要。

過去在文學裡承認人生中的愛情、戰爭、別離、死亡，為一切偉大創作的源泉，但從弗洛依德以後，大家漸漸的接受一個觀念，在以上幾種衝突之外，性更包括了精神面與肉體面。托爾斯泰也曾說過，「天下一切婚姻的悲劇，起於床笫之間」。因為愛情很難說哪些是精神，哪些是肉體，這兩樣東西有時是無法完全分開的。由於弗洛依德揭開了性的問題以後，才導致哲學，教育，文學家重視及公開討論；我們從人生真實面來說，如果文學要反映人生全貌，這的確是不能不談的問題。但是我們必須承認，最近若干年來的潮流，大家似乎把性的問題太強調了，無條件的接受了弗洛依德的說法，認為人生就是這一個問題。甚至說人要做壞事，是因為性不滿足，一切罪惡假性之名。這也未免太過分了。人畢竟不僅僅是本能衝動，不僅僅是禽獸的一部分，還有超自我，還有能自我控制，能自我提昇的本能，這也是人類文明能夠繁衍不絕的重要原因。

雖然我們不能說現在有唯性派，但事實上有很多作家朝這方向走。尤其是性的探討，又恰好適合一般讀者的低級趣味；很多人願意接受這東西，又有一個很好理論拿來做為甲冑武裝，然後變成了弗洛依德派的黃色小說，這就成為很危險的事情。

我們對這一潮流，應該多加思考。如果我們現在修一道堤，完全堵住，還要回到若干年之前，說這不可以寫，那不可以寫，這是辦不到的，就是《紅樓夢》裡面也有描寫性的文字。問題是在整個藝術品裡面，很完整的一部分，到了那一部分，很需要，或正好有那麼一個情節，在這種情形下，我們認為寫下去沒有什麼關係；如果只當作一個商品而獨沾一味，那就大有問題了。

其次，關於存在主義的問題，大家都說存在主義是在十九世紀丹麥修士齊克果所創始，齊克果不論是當時或者後世，實際上並沒有發生什麼影響力，當時也沒有誰注意他，他之所以被尊奉為存在主義的教主，而且目前存在主義風行一時，這都有其時代背景。

每一種哲學，都有它發生的時代的原因，偉大的哲學，能超越時空的限制，傳之久遠。存在主義在十九世紀並不能成為一種主義，齊克果講的最要緊的一點，是「真理是主觀的」。他本身為一教徒，對當時的教義不滿，那時教會腐淪為商業化、世俗化，不能親近上帝，而他對馬丁路德批評得很厲害，說馬丁路德並沒有發現到改革宗教的正路，他說，「事實上，馬丁路德自己是個病人，而且是病得很嚴重的人，可是他卻以為自己是醫生，開的方子當然是錯的。」齊克果認為人應用歸隱的方式，與上帝直接相接，並且要肯定宗教的規律與價值。

這一番話，拿到今天來看，與存在主義的理論沒有太多的相關性，而存在主義能在歐洲死灰復燃，拋開純哲學的觀點，發現政治對它的影響很大。

二次大戰時，一九三九年以後法國的情況，一如我們民國二十六年以後沿海一帶被日人佔領的淪陷區。這時候，他們發生一個問題，淪陷區的法人不能追隨政府逃到北非或英國去組織流亡政府，大多數人在德軍壓迫下，就想到人在這種惡劣情況下，應如何選擇，怎樣可以立身處世。他們的一部分學者與作家，從而逐漸發展一種學說，那就是人必須要完全自覺於個人在這沒有意義的世界裡不合理的存在。

他們首先就肯定這個世界是沒有意義的，因為他們覺得像法國這樣一個文化高，人又優秀，過去很強盛的國家，一旦竟瀕於滅亡，這是無法理解和解釋的事情，所以沒有意義。他們既不能全體投海自盡，又不能殺身成仁，事實上他們還要活下去，這種苟活就是一種沒有意義的存在。這時候他們要求國人要自覺到這世界是無意義的，在淪陷區中一切名利的標準和價值都沒有用了，做好人也沒有用，什麼是好人，第一個就成了問題，所以應該很主觀的自己來作判斷。在這情形之下，精神上缺乏積極的建設工作。

法國存在主義哲學家沙特，雖然到現在尚不能建立完整的理論體系，但是把存在主義的名創出來，使它普及，沙特應居首功。他在法國淪陷於德軍手中的時間內，所寫的小說與戲劇，因不能公然抗德，只能描寫社會生活中不合理的，道德淪喪的一面，讓人看了之後覺得這個社會是一團混亂，沒有意義；但是要讓他們自己在道德水準最低下的時期，能夠苟延殘喘，並且繼續去做毫無人荒唐的種種新決定，這就是沙特說的話。因為不能不活下去，活下去須要作決定，在你作決定的時候，知道這種決定沒有意義，但你還需要勇氣。

哲學也好，文學也好，有很多很複雜的名詞，這些名詞各有它的含義，以我們普通人的了解，如剝筍一樣剝去外殼，看看裡面是什麼呢？我們發現它也有它積極的意義，就是讓每一個法國人，每一個受暴政壓迫的人，能在極不合理的現象下，還有活下去的勇氣。

我們想一想，責備別人是很容易的事，為什麼不抗暴？為什麼不投奔自由？但這不是每個人容易做到的事，尤其是現代的暴政統治之下，個人非常渺小，所以像卡繆的《異鄉人》、《瘟疫》等等作品裡面，並不全是散佈流行的觀念，它主要的是寫那個時代的痛苦。同時因為混亂，發生了信仰上的分裂，不知道什麼叫好，什麼叫壞。比如過去以工作勤奮為好，可是很不幸的這個法國人在法偽政權下工作，他越勤奮罪惡也越大，這種情形造成心靈空虛，那些存在主義作家的作品，多半就是反映這種情況。

第二次大戰結束後，照理說，應該以另一個角度來看人生。但是文學藝術力量之可怕就在於此，它不是呼之即來，揮之即去的東西，而且歐洲戰後德國分裂，且被蘇俄勢力所包圍，由於東西冷戰之加強，形成風聲鶴唳，草木皆兵之勢。同時遍地廢墟，經濟結構破壞，使大家失去信心，於是產生出很多壞的現象，男人欺詐，女人無恥；有的人向美國獻媚，有的人向蘇俄獻媚。在這種情形之下，使得具有古老傳統的，很驕傲的歐洲各民族，都感到很大痛苦，尤其是高級知識分子，自覺非常恥辱，遂生幻滅之感。尤其熱戰已經結束，冷戰卻沒有結束，美俄之間時常發生衝突，隨時可能使冷戰提昇為熱戰，一旦真正戰爭開始，歐洲國家缺乏自保能力。自己生命掌握在他人之手，唯其如此，存在主義遂改變一個形式重又出現。後來美國花了千百億美元實施馬歇爾計劃，使歐洲國家復興，但是復興之後，仍在一個很虛弱的基礎上。在這種社會心理與經濟背景以及國際政治環境之下，存在主義還有它繼續發揚變化的機會，就是說，他們認為這個世界是沒有意義的，人生是錯誤的，人活在世間要作決定，但決定也沒有意義。

我們今天看不出來存在主義有一個什麼積極的目標，它說要反對唯物主義，反對機械主義，也反對唯心主義，但是到最後，我們不知道存在主義要帶給我們什麼東西。

文學作品不必要哲學化，一篇小說一首詩，不一定要代表哲學上某種意念。有很多文學作品，裡面有了存在主義色彩，但是我們仍要承認它是很好的作品，因為他能寫出人生的幻滅感。有人認為德國的雷馬克是存在主義作家，他自己卻不承認，他說過一句很沉痛的話，「一個人能夠過沒有根的生活，是需要勇氣的。」這個「沒有根」不僅單指離井背鄉而言，他又說：「一個現代人，都有他的孤獨感，也許這個人一生並沒有離開家鄉一步。」縱然他未離家鄉一步，他仍然是陌生的，因為世界變得太快，因為人與人之間的關係不像從前那樣密切和信託之深。現代生活的悲劇，是把人際之間的親密破壞無遺。

存在主義單從實用價值來說，在第二次大戰期內，淪陷的歐洲國家中發生了若干影響，一方面它鼓勵了在納粹暴政下的歐洲國家人民活下去。它的反抗權威在那個時候是對的，如果把這種哲學的態度傳之千秋萬世，那麼禍亂就永無止歇之日。今天無論在西歐或北美，發生很多不正常的現象，青年人反對一切典章制度，認為現有的都是壞的，只要你跟現有社會有關係，你就是壞的；他們認為只有年輕人是純潔的，三十歲以上都是偽善，他們反對現有社會的矛盾，但沒有辦法拿出一套積極的東西來替代舊社會。這也是存在於今天自由世界心理混亂所面臨的一個問題。

第三個問題，是探討共產制度之下，有沒有好的文藝理論與創作。

蘇俄從帝俄時代起原就是一個落後的國家，它建國在我國宋代以後，大約是八九百年的歷史，各方面都落後，地理環境很惡劣、閉塞。但是它在文學上有一個特別風格，因為他們終年在冰天雪地裡討生活，上面是高高在上殘忍無道的沙皇，少數人是貴族，大多數是農奴，而農奴像畜牲可以買賣。唯其如此，反映在小說中的是淒涼、沉鬱、悲哀，甚至絕望的色彩。

自共產黨「革命」後，從一九一七年到一九九〇年崩解，我們知道所謂革

[illegible]推翻社會原有秩序，革命是需要熱情和危險的，即使成功，其中必定要犧牲許多人以形成理想。推翻根深蒂固的社會建制，自然是件艱苦的事。所以革命也是一件很浪漫的事情，要富有熱情，不計成敗利鈍，全力以赴。但是共產黨的「革命」，卻有基本上的矛盾，在它「革命」初期，不能不號召人的「革命」熱情，「革命」成功之後，它要把所有的熱情砍掉。俄國最優秀的小說家高爾基，最好的詩人葉綏寧，瑪耶可夫斯基，他們都曾為「革命」坐過牢，被流放，受過苦刑，「革命」成功之後，葉綏寧自殺了，瑪耶可夫斯基自殺了，為什麼呢？詩人有著滿腔熱情，推翻了舊的秩序，建立了新的秩序，而他們發現這個新的秩序比原來還要壞，還要令他們絕望，而他們對新秩序的建立，要負一部分責任，所以沒有辦法再活下去，只有自盡。

高爾基沒有自殺，他被史達林當作一個偶像，在蘇聯有高爾基城，莫斯科有高爾基大街，有高爾基大學和工學院，紀念高爾基的東西太多了，可是晚年不讓他寫作，供在那裡，他的有些作品甚至禁止出版，因為他的作品鼓動「革命」熱情，鼓動人反對不合理、不合人道的種種現象。

史達林死後，赫魯曉夫登臺，有所謂「解凍時期」，稍稍放鬆一點；當一獨裁政體要放寬的時候，是他最危險的時候，這是千古不易的道理。至於放寬到什麼程度才不危險，這很難說；「解凍時期」中作家們就群起攻擊；他們攻擊過去的不合理，間接的就是打擊當權的政權。其中有一個巴斯特納克的學生索忍尼欽，曾在一九七〇年獲得諾貝爾文學獎，他有很多作品，但在蘇聯只發表兩篇，別的都不許發表和出版，他的《癌症病房》就是用象徵手法，描寫整個蘇聯就像一個癌症病房，得了癌症的人本已來日無多，但他們仍要勾心鬥角，打小報告，出賣朋友，等等，他的另外一本書，《地獄第一層》，其中囚禁著詩人、學者，他說那是莫斯科附近的一個類似集中營的研究室，在那裡「研究」的人都是問題人物，他們「研究」如何加強共產黨統治的機器，但他所列舉的，是那裡面的人反共的事情。

從這些地方可以看出共產黨雖全面統治俄國，但知識分子仍未屈服。

主義的文學，在它「革命」成功之前，或初期，還有一些作品可列入世界偉大作品裡去，但從「革命」之後到現在，除了《靜靜的頓河》之外，看不到有什麼替共產主義增光的作品，像《齊瓦哥醫生》和《癌症病房》都是反共的。

索忍尼欽一九七一年又在寫一本小說《一九一四年八月》，描寫俄國在第一次大戰失敗的情形。過去他的書在國外出版，他不承認，也不否認，只有這本書他要求授權於逃亡在西歐的俄國人出版，在生意眼上看這是一本會轟動世界的書，美國一家出版商以六十萬美元購得英文本版權，書雖沒有出版，版稅已有兩百多萬美元。錢的問題還小，它卻說明了一件事情，那就是共產黨對他無可奈何。

中國大陸上也曾發生類似的事。

過去有人說，國民政府掌握政權，共產黨掌握文藝。在那時候，上海亭子間裡的左傾文人，可以寫很多東西。最初，他們並不宣傳共產主義，只是攻擊社會上的地主、貪官、男女問題、老一代壓迫下一代等等，然後慢慢使人覺得這個世界是不完美的，沒有意義的；那時還沒有存在主義這個名詞，但是他們的作法也差不多。等到它一旦成為風氣之後，有許多無知的、善良的、中立的、無所謂的人在寫作的時候，也就向那個方向寫了，跟著去描寫社會不合理、禮教吃人、迫害等，結果是漸漸摧毀社會的基礎。攻打堡壘最有利的據點，是堡壘的內部，它沒有力量一砲轟倒，卻能瓦解基礎，它把社會原來的標準搞亂，搞亂而後，階級鬥爭就可乘虛而入。

我們不能說把文藝當一種武器來用，但是文藝的確具有武器的效果。

討論世界的文藝思潮，當然不止上面提到的三方面，但是這三種力量，都對我們發生一些影響。我們這裡不能說沒有色情的文字，甚至要加以美化、藝術化，但骨子裡仍是色情的。

文學藝術的最高境界是和諧，中國文學最早起源是《詩經》，所謂詩教是溫[illegible]種和諧，是最高的美。但是也有你認為美，我卻認為不美，然而儘不同價值的美擺在一起，卻能和諧，這就是了不起了。

我們中國人的人生態度，是追求和諧，文學和藝術也同樣的是追求和諧。這並不是說作品應該像溫吞水，而是要跟民族的大生命，時代普遍的要求相結合。這種諧和的境界，可以賦予人生一種堅實的感覺。

詩心

黃永武　著

本書分篇介紹十二位唐詩名家，包括孟浩然、王維、李白、高適、杜甫、韓愈、柳宗元、賈島、李賀、杜牧、李商隱和溫庭筠，並收錄七十餘首唯美詩作。作者以廣義的修辭學方法品賞唐詩，分句賞析，博引典故，提出獨樹一幟的見解。本書將帶領讀者進入詩國的花圃，透過閱讀唐詩，我們彷彿也閱讀了最瑰麗輝煌的唐代之心。

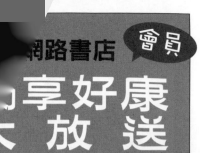